Manfred Stutz

Aufzeichnungen des

Patienten

Friedrich H. (Poet)

Ein unfertiger Roman
Vielleicht auch als Bühnenstück denkbar

Bibliografische Information der Deutschen Nationalbibliothek:
Die Deutsche Nationalbibliothek verzeichnet diese Publikation
in der Deutschen Nationalbibliografie, detaillierte bibliografische Daten sind im Internet über http//dnbdnh.de abrufbar

Herstellung und Verlag:
Bod – Books on Demand, Norderstedt
Umschlag: nach einer Idee des Autors unter Ver-
wendung eines Bildes von Friedrich Hölderlin

ISBN 978-3-8482-0535-6

Statt eines Vorworts
(Auszüge aus dem Tagebuch des Autors)

10.12.

(…) Ich höre zurzeit bevorzugt die Beethoven-Streichquartette. Die musikalisch-kompositorische Entwicklung von ihren Anfängen bis zum Spätwerk mit der „Großen Fuge" als End- und Höhepunkt ist geradezu mit Händen zu greifen – Auflösung der Form, der Harmonik, der Musikalität… keine langen Themen- oder Tonbögen, synkopenhaft eben, abrupt… Auflösung insgesamt alles dessen, was Musik ausmacht – aber doch nur so weit, daß es noch Form, Harmonie und Musikalität hat.

Und so soll das mit diesem „Roman" sein – kein Roman mehr und doch noch ein Roman. Kein episches „Erzählen". Dialogisch-dramatisch verkürzt, härter gegeneinander stehend. Und das Ganze noch mehr abstrahieren hieße zugleich mit der Form alle Aussage aufzugeben – wozu dann noch schreiben?

22.12.

Die Quartette habe ich neulich von CDs gehört. Die mittleren und späten habe ich allerdings auch auf Schallplatte, von früher her, op. 130 bis 135 mit dem Amadeus Quartett, echte Schätze, ja.

Und mir ist jetzt eingefallen, daß die Plattenhüllen dieser Einspielungen mit Fotos (Detailansichten) von Michelangelo-Skulpturen versehen sind: der Kopf von „Der Tag", das Gesicht des „Bärtiger Sklave" usw.

Ein Geistesblitz! Diese beiden Großen mit gerade diesen jeweiligen Werken in Verbindung zu bringen!

Ich erinnere mich genau, wie ich vor fünfunddreißig Jahren in Florenz dem Genius Michelangelo gegenüber stand. Und es waren vor allem die unvollendeten (nicht fertig ausgearbeiteten) Skulpturen, die mich am meisten überwältigten. Ja, ich kann sagen, in meinem ganzen Leben habe ich vor keinen Kunstwerken gestanden, die so ausdrucksstark waren wie diese.

Die Ästhetik der fertigen Skulpturen ist grandios, doch ausdrucksstärker sind die unvollendeten. Trotzdem oder gerade deswegen? Ich weiß es nicht. Ich weiß nur, für das Buch wünsche ich es mir gerade ebenso: nicht ausgearbeitet und ausdrucksstark und über allem ein großer Schleier Unbestimmtheit. Und wie auch anders? Es mag viele Einzelwahrheiten geben, und ich scheue nicht, die eine oder andere deutlich auszusprechen, doch eine ganze Wahrheit? Kann man sich denn nur vorstellen, sie anders als eine einzige Unbestimmtheit denken zu können?

„Du leidest!" sagte der Sklave. „Was fehlt dir? Gib mir Antwort!" (…) „Herr! Herr!"

Endlich schaute Mâtho mit großen, verstörten Augen zu ihm auf.

„Höre!" flüsterte er mit einem Finger auf den Lippen. „Das ist der Zorn der Götter! Hamilkars Tochter verfolgt mich! Ich habe Furcht vor ihr! (…) Ich bin krank! Ich will gesund werden! (…) Ich bin gewiß das Opfer einer Sühne, die sie den Göttern gelobt hat… Sie hält mich an einer Kette, die man nicht sieht. Wenn ich gehe, so schreitet sie voran; bleibe ich stehen, so ruht sie! Ihre Augen versengen mich, ich höre ihre Stimme. Sie umgibt mich, sie durchdringt mich. Mir ist, als ob sie meine Seele geworden sei! Und doch liegt es zwischen uns wie die unsichtbaren Fluten eines Ozeans ohne Grenzen! Sie ist fern und ganz unerreichbar!"

Mitleid ergriff (den Sklaven), und er sagte: „Sei stark, Herr! (…) Du weinst wie ein Feigling! Fühlst du dich nicht erniedrigt, daß ein Weib dich so leiden lassen kann?"

(…) „Hast du ihre großen Augen gesehen unter den großen Brauen, wie Sonnen unter Triumphbögen? Erinnere dich! Als sie erschien, wurden alle Fackeln bleich. (…) Wo sie gegangen, wogte es wie der

Weihrauchduft eines Tempels, und ihrem ganzen Wesen entströmte etwas, das süßer war als Wein und schrecklicher als der Tod. (…) Aber ich will sie haben, ich muß sie haben! Ich sterbe daran! Bei dem Gedanken, sie mit meinen Armen umschließen zu können, packt mich unbändige Freude. Und doch hasse ich sie! Ich möchte sie schlagen! Was soll ich tun?"

(Mâtho über seine Liebe zu Salammbô. Aus „Salammbô" von Gustave Flaubert)

„Letzte Nacht habe ich von dir geträumt", sagt sie.

Er schaut aus dem Fenster.

Die weiße, durchbrochene Gardine ist zu zwei Dritteln zur Seite gezogen. Der Blick auf das gegenüberliegende Haus ist frei. Nur ein kahler, fein verästelter Kirschbaum schräg davor... volles Sonnenlicht überall, vor allem auf der Giebelwand des Hauses mit den zwei Fenstern im Obergeschoß – und sie sagt: „Letzte Nacht habe ich von dir geträumt".

Dann sagt sie noch: „Wir waren irgendwo, und es ging irgendwie um Karten, die wir hatten oder noch nicht hatten... oder die neu gemischt werden mußten, und die anderen wollten mich nicht mitspielen lassen und du hast gesagt, wenn ich nicht mitspielen darf, spielst du auch nicht und dann..."

Dann kommt dieser Idiot in den Raum. Kommt herein und will etwas und fragt. Fragt sie und sie antwortet... und die Geschichte vom Traum ist vorbei.

Er wird nicht wissen, was sie geträumt hat.

Von ihm geträumt, von *ihnen* geträumt.

Sie liegt auf den Polsterstühlen, die nach links zu im rechten Winkel von der Reihe Polsterstühle abgehen, auf deren äußerstem er sitzt. Liegt so, daß sie die Beine angewinkelt hat, flach auf den Sessel gedrückt und quer zur Sitzfläche, ihm mit Oberkörper und Kopf zu-

9

gewandt... und hat dabei den Kopf und den linken Oberarm an das Rückenteil des äußersten Sessels gelehnt.

Er ist nicht zufrieden.

Natürlich nicht.

Was muß der Idiot mit seiner dämlichen Frage gerade jetzt hereinstolpern!

Und eigentlich ist er auch nicht zufrieden, weil sie nicht so liegt, wie er sich das vorstellt. Er meint, sie müsse so liegen wie eine Patientin beim Psychiater auf der Couch: auf dem Rücken, lang ausgestreckt, die Augen geschlossen, nicht ihm zugewandt und vor allem entspannt.

Andererseits – sie hat von ihm geträumt.

Seit vorgestern ist er hier, und in der zweiten Nacht bereits hat sie von ihm geträumt.

„Du bist schön", sagt er. Und: „Gibst Du deine Familie für mich auf?"

*

Sie lacht.

Und würfelt.

Würfelt natürlich wieder eine Sechs und hat alle ihre vier roten Spielfiguren auf dem Brett. Würfelt danach eine Vier und wirft eine seiner grünen Figuren hinaus.

Und lacht wieder, etwas verhaltener diesmal, so als lachten ihre braunen Augen nicht mit und sagt: „Du bist dran".

Sie gibt ihm den grünen Würfel. Schiebt ihn nicht einfach auf dem Tisch zu ihm hin, sondern nimmt ihn mit Daumen, Zeige- und Mittelfinger der linken Hand auf und reicht ihn so herüber, daß ihre und seine Finger sich dabei berühren müssen... in einem zweiten Versuch manchmal sogar, wenn ihre Finger in vorgespielter Ungeschicklichkeit die seinen nicht richtig treffen oder den Würfel nicht sofort freigeben.

Er könnte statt des grünen auch mit dem anderen würfeln, dem roten, dem vom anderen Mitspieler, links von ihm am Tisch, doch den mag er nicht nehmen. Bestimmt nicht darum, weil er Rechtshänder ist, nein, das zuletzt... und sie möchte offenbar, daß ihre Finger sich berühren – jedesmal, wenn er mit Würfeln dran ist.

Und die sind schön – ihre Finger.

Alles an ihr ist schön.

Nicht übertrieben schön, nicht so, daß man sich in ihre Schönheit wie in die eines Kunstwerks versenkt, nein, auf eine lebendige, atmende Art schön. So wie eine schöne Frau schön sein soll... eine Frau, die man sich getraut anzufassen und zu streicheln und deren Schönheit unter jeder noch so leisen Berührung nicht gleich Gefahr läuft, Schaden nehmen zu können.

Ja, schön.

Ein braundunkler, südländischer Hautton. Haare schwarz, allerdings nicht tiefschwarz wie bei der keineswegs nur oberflächlich sonnengebräunten, vielmehr aus sich heraus dunklen Haut zu erwarten. Vielleicht ein wenig aufgehellt? Jedenfalls glatt anliegend, durch irgendetwas zusammengehalten, die Ohren frei – was für Haare? Fein fließend, luftig, locker oder mehr streng wie es jetzt den Anschein hat, einer kräftigen Bürste bedürftig, gar von spröder Hartnäckigkeit und widerspenstigem Eigenwillen?

Nein, nein…

*

„Öffnest du die Haare, bitte?"

Sie schaut ihn überrascht an, sagt aber nichts. Richtet sich im Oberkörper etwas auf. Nestelt an den Haaren. Eine Klemme hier, dort eine, noch zwei weitere, ein Haargummi… sie hält alles in der linken Hand, lockert mit der rechten das Haar.

Es fällt über die Ohren, diese vorher freien, wunderbar fein ziselierten Ohrmuscheln, gleitet in den Nacken herab, wird ein wenig gezaust von so schönen

Fingern, über die Schultern verteilt – ja, ein fließendes Haar… Schneewittchenhaar.

Schwarzes Fließen.

Und schwarz, ganz schwarz gekleidet: Eng anliegende Hose... Pulli mit rundem Ausschnitt, feines Silberkettchen um den Hals, im Ausschnitt des Pullis ein Skorpion... silberne, ornamenthaft durchbrochene Ohrringe. Alles Stil, Geschmack (= Vorstellung, was sie ist und mit sich machen darf), keine Aufdringlichkeit.

Rehaugen unter dunklen Brauen und Wimpern. Augen, oft wie in sich gekehrt... wie eine innere Schönheit schauend, ein wenig unsicher und gleichzeitig etwas wie Stolz.

Ja, sie ist eine Frau, eine schöne Frau, mit einer schönen Figur auch; und sie weiß, daß sie schön ist. Auf eine bescheiden schüchterne, wenig selbstgewisse, uneitle und glückferne Art allerdings... wie ein Mädchen, das dabei ist, seine Schönheit an sich zu entdecken. Mit Scham, mit innerem Zagen, mit Übermut dann, mit blitzendem ‚Jetzt-will-ich's-wissen'.

Ja, schön.

Was will sie wissen?

Will sie jetzt, in diesem Augenblick etwas wissen?

*

Er fragt: „Du bist verheiratet?"

„Ja."

„Und bist Türkin?"

„Ja."

„Liebst du Deinen Mann?"

„Jetzt vielleicht."

„Vielleicht?"

„Früher nicht."

Er sieht sie an.

„Er hat mich geschlagen."

„Warum hast du ihn geheiratet?"

„Er war allein."

„Ist das ein Grund?"

„Allein mit einer bösen Stiefmutter... ein Nachbarjunge. Mein Vater sagte, man muß ihm helfen."

„Und jetzt?"

„Ich weiß nicht."

Sie sieht ebenfalls aus dem Fenster.

„Ich habe zwei Kinder. Ich liebe sie."

Ja, natürlich.

Du liebst deine Kinder.

*

Es ist ein kalter Märztag, früh im März. Mit einer Sonne, die alles gibt, was eine Märzsonne zu geben vermag.

Doch es ist März.

Mit einem Wirrwarr von langen, kräftigen und vielfach verästelten Schatten auf einer hellen Hausfassade.

Und mit dem Kreuz-und-Quer und In- und Durcheinander und der Verwirrung des Astwerks davor noch selbst.

Der Baum steht unmittelbar außerhalb eines hohen, stabilen, solid verzinkten Metallgitterzauns, der das Gelände eines Klinikgebäudekomplexes umgibt – und sie darf morgen nach Hause.

Ich bleibe hier.

*

Ihre Schönheit habe ich von der allerersten Sekunde meines ersten Eintretens in den Gemeinschaftsraum in mich aufgenommen.

Und diese Schönheit, in dieser Umgebung doch allzumal, als ein völlig unerwartetes Geschenk umso dankbarer begrüßt – nur was sie von mir geträumt hat, werde ich nicht erfahren.

Ja, ich kenne sie erst seit vorgestern, und morgen darf sie nach Hause.

Doch ich werde ihr noch sagen: ich liebe Dich.

Dich und Deine besondere Art Schönheit.

Du hast mich in etwas verworrenen Tagen glücklich gemacht.

Ich danke Dir.

*

Jetzt bist Du fort.

Seit ein paar Stunden erst, aber mir ist, als wäre alles mit Stopfwatte ausgefüllt. Genau so kommt es mir vor. Kein Atmen, kein Herzschlag, kein Leben. Der ganze Raum voll Stopfwatte, die ganze Welt.

Wie Dein Lachen doch verzaubert!

Ein Blick, wie unabsichtlich über mich hin, und ich fühle mich als Mittelpunkt, *Dein* Mittelpunkt, so mit Wärme überhaucht, als wär's plötzlich Frühling und Sommer in einem und über allem eine Liebe noch dazu.

Wo soll das hinführen?

Ich weiß es nicht.

Ich möchte es auch nicht wissen.

Nun, wo Du fort bist, schon gar nicht. Es kann nichts Gutes sein.

Ich weiß nur, Du bist da. Bist, obwohl Du fort bist, da. Bist plötzlich in meinem Leben. Bist, soweit ich es bis jetzt erkenne, ein lieber, lieber Mensch, ein *mir* sehr lieber.

Was soll ich dann noch sagen?

Einen lieben Menschen liebt man… das reicht mir vorerst.

Ich liebe Dich!

*

Und Du?

Hab mich gern, einfach nur gern, was soll ich von Liebe reden!

Hab mich gern, und *ich* liebe Dich und will glücklich damit sein. Auch in die Erinnerung hinein. Und mehr als Erinnerung, eine so sehr kurze Erinnerung ist ja nicht.

Eine von knapp drei Tagen.

Dennoch – wenn ich in den Gemeinschaftsraum gehe und niemand sonst ist dort, meine ich, Du sitzt auf einem der Polsterstühle.

Ich setze mich neben Dich, streichle Dir mit meiner Hand kurz über den Arm. Du siehst mich an und lächelst.

Lächelst.

Das so herrliche, haselnußdunkelbernsteinfarbene Lächeln Deiner Augen. Deiner Lippen, zartrot, ungeschminkt, leicht geöffnet, schimmernde Zähne, Grübchen in den Wangen. Die leicht fragend angehobenen Brauen, in zur Schläfe hin abschwingendem Bogen, ein wenig überrascht, wie es scheint, vielleicht auch geschmeichelt – ach, Du Schöne, Du bittersüß Lächelnde, wer weiß, was in Dir vorgeht!

Und schön bist Du wirklich. Ja, schön, so weltversöhnend, herzbebend und herzweh schön. Du hast Grund, Dich geschmeichelt zu fühlen und zu erleben, wie Deiner Schönheit gehuldigt wird, wenn auch nur auf so schüchterne und zurückhaltende Art.

*

Sibel... Sibel –!

Was sagtest Du noch, was es bedeutet?

Regentropfen zwischen Himmel und Erde, der nicht zu Boden fällt oder – Weizenähre.

Sibel = Weizenähre

Offenbar Name und Symbol einer aus alten, uralten Zeiten kommenden Fruchtbarkeitsgöttin.

Und Sibel = Regentropfen

Vermutlich ähnlich zu verstehen.

Ich deute es etwas um und sage: Schneeflocke – Schneeflöckchen zwischen Himmel und Erde. Schweben, Schweben, das nie zu Boden fällt oder – Schneewittchen, mein Schneewittchen, wie von Ebenholz gemacht, mit dunklem, weichem Haar.

Ja, ich habe es gestreichelt, Dein Haar. So fein Dein Haar, in geschmeidigem Fließen schmeichelnd.

Deine Lippen, nein, nicht rot wie Blut, wie Wein, süßroter, samtener Wein.

Deine Augen, Deine von wer weiß wo kommenden, von wer weiß wie *weit* aus den Anfängen der Menschheit kommenden, stets warmen, lächelnden Augen.

O, Sibel –!

Du orientalische Schönheit, mir so fremd – nein, nicht fremd. Ungewohnt, nur fremd erscheinend. Dennoch Schönheit… darum vertraut, so sehr vertraut.

Wie jede Schönheit, in welcher Gestalt sie auch erscheint, vertraut ist; und die das, was in einem selbst noch irgendwo an Schönheit schlummert, wieder zu Leben erweckt. Oder doch zumindest daran erinnert, daß es ein solches Leben in Schönheit einmal gegeben hat.

Ja, ich bin dankbar, *Dir* dankbar. In nicht gar so schönen Tagen ein Schönheitsstreif am Horizont.

Liebste, Du –!

*

Und nur ein Streif?

Nein, ein herrlichster Sonnenaufgang von Licht… Schönheit wie die des ersten Erdentages!

Si bel – *so schön*!

Was jetzt wird?

Ich weiß es nicht.

Weißt Du es?

Ich will gar nicht fragen.

So wie es ist, ist es gut so.

Und weiß ich nur, daß es Dich gibt und Du vielleicht ein wenig an mich denkst oder mich ein wenig sogar lieb hast, ist alles noch viel besser. Du, meine Semiramis, Prinzessin aus fernem Land, die nun plötzlich in meinem Leben erschienen ist.

Mußte ich dazu erst einmal um die halbe Welt fliegen und wieder zurück?

Ja, auch dort in diesen fernen Welten habe ich viele exotische Schönheiten gesehen – doch Du bist anders.

Es ist nicht allein Exotik, die Deinen Reiz macht. Es ist mehr das, was Du *bist*, von *innen* heraus bist, eine Wärme, eine Herzlichkeit – und auch Verlorenheit in Dir wie bei einer stillen, etwas wehmütigen, weil eigentlich mehr sehnsüchtigen Freude.

Die auf solche Art vielleicht nur entstehen kann, wenn man an etwas zu tragen hat. Das man annimmt, wie es einem auferlegt ist und dann mit der Bürde in sich und auf sich – *zu* sich findet.

*

Jakarta, Montag, 24. 01.

Ja, ich bin in die Welt hinaus.

Soll ich fragen, warum?

Ich habe nie gefragt und folglich auch diesmal nicht und bin also hier, in Jakarta... seit Mittwoch letzter Woche.

Wenn ich gewußt hätte, was mich erwartet, wäre ich nicht hier.

Aus dem einfachen Grund, weil es – zurückhaltend ausgedrückt – schönere Orte auf dieser Welt gibt als Jakarta.

Aber ich bin hier.

Wie in eine andere Zeit versetzt – nicht allein auf die Jahreszeit bezogen mit entsprechenden klimatischen Veränderungen.

Ja, vom deutschen Winter in äquatoriale Wärme. Konstant, Tag und Nacht, um die dreißig Grad, bei Sonnenschein oder in der Stadt deutlich mehr. Für Europäer gerade noch erträglich.

Weniger erträglich das muslimische Getue. Nichts als nervtötend und gleichzeitig Nerven aufreizend dies allgegenwärtige Gejaule und Nasalieren von Muezzins. Alle dreihundert Meter eine Moschee, mit Lautsprechern bestückt, und dann Schallattacken.

Ich kenne den Koran nicht. Die Art, wie er sich darstellt und seinen Gläubigen vermittelt, hat etwas, spontan empfunden, aufdringlich Aggressives, um nicht zu sagen: Obsessives. Nichts für mich. Da sperrt sich alles. Wird einfach nur als Gewaltsamkeit registriert; wie auch anders, wenn man jeden Morgen bereits um halb fünf eine halbe Stunde lang mit solchem Mißklang und in solcher Lautstärke überfallen wird.

Außerdem, doch für mich keineswegs außer Betracht zu lassen – habe ich nicht mit eigenen „Obsessionen", wie gläubige Orthodoxie ebenso wie Häresie geneigt ist, sie mir zu attestieren, genug zu tun?

Sonst weiß ich nicht, was ich sagen soll.

Eine andere Welt halt, diese so genannte Dritte Welt auf ihrem Weg zu den Standards der „Ersten". Wobei, wenn man sich diese Erste Welt in ihren Verfallserscheinungen bewußt macht, sich des Eindrucks nicht erwehren kann, beide Welten nähern sich von entgegengesetzten Ausgangspositionen einander an. Und die jeweiligen Tendenzen weitergedacht... nun, es braucht keine großartige Phantasie, um sich die Zukunft vor Augen zu stellen.

Nein, nicht hier in Indonesien Aufstieg zur Superzivilisation und bei uns in Europa Niedergang auf Kolonialniveau, aber allgemeiner Desperatismus mit dünnten Fettschichten von Überfluß obenauf schwimmend. Ursachen: wie stets gehabt, wenn es irgendwann und irgendwo dem Ende zugeht. (Und der Islam wird ebenso wenig vermögen wie andere vor ihm. Der Tsunami des Materialismus walzt letztlich alle und alles nieder.) Zusätzlich: das numerische Element. Wir werden einen Mangel leiden und die hier ein Zuviel – an Menschen.

Produktivitäts- und Effizienzverbesserungen werden stets durch ein noch größeres Plus an Menschen zunichte gemacht. In diesem steten Wettlauf gleichsam gegen sich selbst kann niemand gewinnen, am wenigsten die Natur. Und mit der unausbleiblichen Zerstörung natürlicher Lebensgrundlagen wird am Ende alles am Boden liegen.

Doch die Natur wird wieder auf die Beine kommen, was auch vorher mit ihr angestellt worden sein mag – das ist doch schön zu wissen.

Und dann auf zur nächsten Runde intensiv gelebten Wahnsinns?

Wohl kaum. Die wahnwirren Akteure werden aus der Welt sein – auf welche Weise auch immer.

Freitag, 28. 01.

Wenn ich schon Berlin stets als Kulturschock empfinde – Jakarta ist Horror!

Krach-, Gestank-, Dreck-, Hitze-, Abgas-, Hektik-, Zu-viele-Menschen-Horror – zwanzig bis fünfundzwanzig Millionen auf begrenzter Fläche... keiner kennt auch nur annähernd die genaue Zahl.

Und dabei Morgen für Morgen ein ländlich idyllisches Tagwerden: Hahnengekräh von allen Seiten, Hundegebell... dann zunehmend Hondageknatter nah und fern bei gleichbleibend schwül feuchter Wärme.

Ich muß seit gestern ständig (Tag und Nacht) mit einer Gesichtsmaske umherlaufen oder liegen, selbst im Haus. Der Smog ist derart aggressiv, daß die Bronchien nicht mehr mitmachen, ein ständiger Husten mich quält und die Stimme versagt. Es ist besser geworden mit der Atemmaske, nur die Augen sind weiterhin gereizt und tränen still vor sich hin. Nichts wie weg hier! Geht aber nicht. Ich habe meinen Paß zur Visumverlängerung (auf sechzig Tage) an einen Agenten gegeben und werde ihn frühestens Montag zurückbekommen. Dann keine Sekunde länger mehr hier als unbedingt nötig.

Im übrigen – Eriks „Familie", insbesondere Unang, seine „Frau" übt sich in muslimischen Tugenden, sprich: Gastfreundschaft und Bedienern, einschließlich einer Reflexzonenmassage meiner Füße gestern abend, als es mir nicht gut geht und ich keinen Appetit habe… und das gekonnt, sehr gekonnt und wohltuend… ‚for my husbands friend'.

Vielleicht würden sie mir auch die zwanzigjährige Tochter, die jüngere, ins Bett legen, als Versorgungs- und Renditemaßnahme gewissermaßen.

Sie sprechen davon, daß sie alle miteinander nach Europa fahren könnten (im Scherz natürlich und lachen dabei). Wieviel Wunschdenken im Spiel ist, wer weiß. Und die Göre ist den ganzen Tag mit nichts anderem beschäftigt, als sich schön zu machen und dann zu einer „Freundin" zu gehen. Was sie da treibt, weiß keiner. Mir scheint, nicht wenige hier sind noch mehr auf den Hund gekommen als viele Europäer.

Sonnabend, 29. 01.

Warten auf den Paß.

Dumm in den Tag hinein und warten.

Ich weiß nicht, welcher Teufel mich geritten hat, als ich beschlossen habe, in diese Weltgegend zu fahren. Man kennt das an liebenswerten Besonderheiten schließlich alles aus südlichen Ländern… und je weiter südlich, so scheint's, umso besonderer.

In Nordafrika mit seinen muslimischen Bräuchen und in muslimischen Ländern Schwarzafrikas mit ihrem besonderen Brauchtum der Frauenbeschneidung, der pharaonischen Beschneidung sogar, bin ich doch zu früheren Zeiten auch schon gewesen und hätte wissen müssen, wie das auf mich wirkt. Böse Erinnerungen heraufbeschwörend, als wäre die Zeit stehen geblieben und als solle sie auf ewig in finsterster Finsternis stehen bleiben. Dunkle Erinnerungen auch an so lang andauernde, blutige Kämpfe gegen die Mauren – die Todfeinde der Heiligen Mutter Kirche.

Erik mußte heute nach Singapur ausfliegen, um wieder ein vierwöchiges Aufenthaltsrecht zu erwerben. Der ist schon seit vierzehn Jahren im Land. Alle vier, spätestens acht Wochen aus- und wieder einreisen! Und unabhängig davon – wie er das hier aushält, weiß ich nicht.

Ich weiß nur jetzt schon, ich könnte es nicht und habe, während ich dies schreibe, gerade wieder einmal das Viertel-nach-Sechs-Geplärre von allen Seiten her im Ohr.

Man muß ja nicht gleich fragen, von was sie kündet, aber was für ein schönes Gebilde ist doch eine Glo- cke, und welch noch schöneren Klang erzeugt sie. Heulende Derwische, die mögen ja mit dem Islam nichts zu tun haben, bestimmte Bedeutungszusammen- hänge drängen sich durch die rein äußerliche Art der Darbietung dennoch auf – ich weiß wieder welche: in anderem Gewand das schlimme Fortleben von zu lan- ge erlittenem Schlimmen.

Von welcher Art?

Das ist egal. Schlimm ist schlimm.

Dienstag, 01. 02.

Paßspiel! Ausgezeichnetes Paßspiel!

Ja, der Paß ist zurück, gestern spät Nachmittag; Auf- enthaltsgenehmigung bis 19. März, amtlich gestempelt und unterschrieben.

Die ältere Tochter Rani hat heute die Fahrkarte be- sorgt, EKSEKUTIF = 1. Klasse. Abfahrt morgen früh 08.45 vom Bahnhof Jambir, Ankunft 16.28 in Jogja- karta, ein Fahrer holt mich am Bahnhof ab... und dann nichts wie ans Meer nach Parangtritis.

Der zumindest auf Java überall bekannte Badeort und sein Strand liegen etwa fünfundzwanzig Kilometer südlich der Stadt. Wenn er zu gefallen weiß, bleibe ich. In voraussichtlich drei Wochen dann weiter nach Bali. Wird wirklich Zeit hier rauszukommen. Erik und ‚family' sehr gastfreundlich, aber diese Stadt, diese Stadt…

Parangtritis, Donnerstag, 03. 02.

Ja, seit gestern also der Hölle entronnen!

Der Badeort ist ein Kaff von ungefähr siebenhundert Einwohnern, wie der Pensionswirt sagt. Trostlos, einfach nur trostlos. Doch an einem breiten, endlosen Strand gelegen; zum Land hin eine Hügel-, dahinter Bergkette, natürlich in üppigstem Grün.

Etwa siebenstündige Bahnfahrt von Jakarta in stets südöstlicher Richtung quer über einen Gebirgsstock hinweg, und dann an der südlichen Flanke herunter. Viel Landbau, vor allem Reis, in höheren Lagen auch Mais. Zweihundertfünfzig Millionen Mäuler wollen gestopft sein.

Die Hauptstraße des Ortes, direkt auf den Strand zu, ambitioniert in der Anlage, hat bestimmt bessere Zeiten gesehen oder zumindest sehen sollen. Das Bad ist von Einheimischen, obwohl keine Saison ist, recht frequentiert. Tagesgäste aus der fünf oder sechs Millionen-Stadt Jogjakarta hauptsächlich, wie es scheint.

Als Langnase wird man allenthalben bestaunt; auch belästigt (von fliegenden Händlern oder wer immer etwas an den Mann bringen will) oder angebettelt (ein Bursche von fünfzehn, sechzehn Jahren, körperlich gut im Stand, fällt am Strand vor mir auf die Knie, hebt flehend die Hände... ich gebe ihm nichts; etwas weiter eine alte, klapperdürre Frau, eine der Elendsgestalten, die mit einer Plastiktüte den Strand auf und ab ziehen, ihn nach irgendwie verwertbarem Strandgut absuchen, Kronkorken, Folienfetzen, Plastikflaschen, egal, was... ich gehe zu ihr, reiche ihr einen Zehntausend Rupiah-Schein, den sie nicht nehmen will, bis ich ihn in ihre Tüte stecke und schnell weitergehe), angebettelt also oder einfach nur angeredet: Mister, where from?

Ein Badeversuch am frühen Nachmittag fehlgeschlagen. Sehr starke Brandungswellen in drei oder vier Staffeln. Weiter als bis Knietiefe kann man nicht hinein. Der Sog des zurückflutenden Wassers droht einen umzureißen; und wenn man bei solch starken Unterströmungen erst einmal den Stand verliert, wird man sich kaum noch zu helfen wissen. Nein, Schwimmen ist hier nicht möglich.

Freitag, 04. 02.

09.00 Uhr. Gefrühstückt – fertig zum Strandgang, doch es regnet. Gestern war es trocken, obwohl noch Regenzeit ist; und wenn's dann kommt, kommt es gut. Immer warm dabei. Die Luft kühlt nach einem Guß kaum ab; vielleicht, daß mal eine Brise vom Meer herüberzieht und leichte Erfrischung bringt. Insgesamt aber alles erträglicher als in Jakarta, das Grundempfinden ist ein anderes. Das Problem jedoch auch hier: ich schlafe sehr schlecht. Oder zu wenig, zu wenig insgesamt. Die feucht schwüle Wärme selbst nachts, Blitz und Donner von Gewittern, der monotone, so lautstarke Eifer der Muezzins, Nachtwächter, die in einzelnen Vierteln unterwegs sind und zur Abschreckung von Dieben und Einbrechern und zur Vergewisserung der sie entlohnenden Haus- und Hüttenbesitzer, daß sie auf Posten sind, auf ihren Rundgängen ständig gegen Laternenmasten oder sonst etwas Tönendes schlagen. Erik sagte, er höre das alles nicht mehr, er schlafe ruhig und fest. Ich nicht.

Und es regnet und regnet und eben alles zu seiner Zeit. Dann ist's hoffentlich gut.

Sonnabend, 05. 02.

Es ist 14.30. Ein normaler Tagesablauf bisher, d. h. soeben von der Siesta erhoben, leider wieder ohne Schlaf. Obwohl ich völlig übermüdet bin und mir allmählich wie gerädert vorkomme.

Morgens um acht ist Frühstück, gleich danach die erste Erholungspause.

Gegen Mittag kommt der Wirt, um auf einen Einheimischenmarkt zu fahren, etwa fünf Kilometer Richtung Jogjakarta. Ich hatte nach Obst und Früchten gefragt, die gibt's hier im Dorf nirgendwo.

Also zum Markt. Da ist dann alles im Überfluß. Mit einem Einheimischen dabei sogar zu landesüblichen Preisen. Im übrigen versuchen alle, die Langnasen übers Ohr zu hauen, wann und wo sie nur können.

Nach der Rückkehr vom Markt Probieren der exotischen Köstlichkeiten (Drachenfrucht, Minibananen, Miniorangen, Rambutan, Schlangenfrucht, Papaya).
Ab 15.30 langer Strandgang mit reichlich Aerosoldunst über der Brandung und gegen die Felsen hin. Dennoch hat man das Gefühl, die Luft schlaucht – ja, man fühlt es regelrecht, sie *schlaucht*!
Dann wird's schon bald dämmerig und Zeit für ein kleines Abendessen (gebackener Glasaal vielleicht oder gebackene, kandierte Erdnüsse).
Und das ist das nächste Problem: ich habe keinen Appetit. Reis, egal in welcher Art Zubereitung, kann ich nicht mehr sehen. Folge: ich esse sehr wenig, hauptsächlich Früchte und Obst.
Nachher gehe ich noch zu einer ‚mixed' Hindu-Moslem-Hochzeitsfeier.
Mal sehen, wie das wird.

Sonntag, 06. 02.

Die Hochzeitsfeier ist erst heute, irgendwie war ein falsches Verstehen im Spiel.
Ich bin vorhin am Festzelt vorbeigegangen, förmlicher Empfang der Gäste – ohne mich. Die Aussicht auf noch größere Hitze in Menschenmassen mit Lärm dazu ist wenig verlockend. Also schnell vorbei, ehe jemand auf die Idee kommt, mich einzuladen.
Nein, es geht mir nicht gut. Schlapp, nur schlapp… ich schleppe mich so dahin.
Es ist heute ohnehin heiß genug.

Bei bisher mehr bedecktem Himmel in den vergangenen Tagen scheint die Sonne seit dem Morgen von einem milchigen, jedoch wolkenlosen Himmel. Irgendetwas zu unternehmen, selbst ein nicht einmal längerer Strandgang, verbietet sich. Äquatoriales far niente – was sonst!

Gestern abend nach Jogja, Flugschein besorgt. Nächste Woche Mittwochabend nach Bali.

Ich will nur hoffen, daß man sich da in irgendeiner Weise beschäftigen kann, sonst werden die vier Wochen, die ich dort bleiben will, eine einzige Langeweile.

Und wenn's sich so ergeben sollte, werde ich eher zurückfliegen. Far niente in Grenzen mag erträglich sein, aber bitte nicht in extenso.

Montag, 07. 02.

16.30, ein kompletter Gammeltag.

Seit dem frühen Morgen Sonne. Es ist heiß, daß man sich zu nichts aufraffen mag (kann).

Über Mittag in einem kleinwüchsigen Baum auf einem Ast am Strand gesessen. Von See her strammer Wind, Kopf und Körper im Schatten eines befiederten (nicht beblätterten) Astwerks, Erfrischung dennoch keine.

Der Wind trägt Glutwellen über den breiten Strand heran, zwischendrin ein Atemholen wie von sich ankündigender Frische… dann die nächste Welle. So wie es aussieht, geht es nur noch darum, zwei Tage Zeit abzusitzen (-schwitzen) und dabei darauf zu hoffen, daß es in Bali besser wird.

Immer wieder die alte Erfahrung: das interessante, eigentliche Leben ist im Innen. Wirklichkeiten, auch exotische, mögen viel versprechen... zu mehr reicht es für gewöhnlich nicht. Es genügt mir nicht, Dinge und Umgebung nur zu sehen, ohne sie nicht auch zu erleben. Das Leben als „sight-seeing-trip" – ja, das wär's.

Das hätten viele zu gerne, von welcher Seite es auch betrachtet sein mag. Die ,trip'-Agenten ebenso wie die auf ,trip' und ,seeing-tour' Befindlichen.

Ich hatte mich vorhin in der Zeit vertan. Es war eine Stunde früher. Jetzt ist es 17.00. Es hatte sich zugezogen, ich habe einen Strandgang gemacht.

Ohne Sonne ist's angenehm. Weiter die kräftige Brise aus Südwest; unmittelbar am Wasser (mit den Beinen bis knapp unter die Knie im Wasser bei heranlaufenden Wellen) sogar erfrischend.

Und während ich auf der Veranda sitze und schreibe, gleich nebenan wieder ein Kokelfeuer mit dichten Rauchschwaden und beißendem Gestank, daß es einem den Atem nimmt. Müllbeseitigung auf indonesisch halt. Keiner denkt sich was dabei.

Dienstag, 08. 02.

Gestern abend, bereits im Bett, wieder kräftige Donnerschläge und dann Regen, Regen.

Heute morgen noch immer; ab 09.00 Uhr etwa hört es auf. Bedeckter Himmel, angenehme Temperatur, Strandgang.

Und wie es auch ist, für gewöhnlich stehe ich kaputter auf, als ich den Abend zuvor zu Bett gegangen ist. Schuld daran hauptsächlich dieser quälende, mich stets, wenn ich denn einmal eingenickt bin, aus dem Schlaf reißende Reizhusten, der einfach nicht aufhören will. Das macht mich wirklich nach und nach immer mürber. Am schlimmsten – in der Nacht zweimal einen Anfall gehabt. Seit wann zum ersten Mal wieder?

Nun gut, ein Tag noch hier, und dann sehe ich weiter.

Ich könnte mir vorstellen, mich auf Bali nicht unmittelbar an der Küste, sondern in einer gewissen Höhe im Inselinneren in den Bergen einzuquartieren, was doch immerhin auf eine erträglichere Durchschnittstemperatur hoffen lassen könnte. Es gibt dort Seen, große, kalte Bergseen mit Süßwasser zur Erfrischung.

Irgendwie komme ich mir bei allem bisher vor wie bestellt und nicht abgeholt.

Und hat mich denn überhaupt jemand „bestellt"? – Egal, auf jeden Fall wie völlig fehl am Platz.

Es braucht eine Atmosphäre, und wenn man sie sich selbst schaffen muß – nur hier kann ich sie mir nicht schaffen, und von sich aus ist eh keine. Ich kann in etwa verstehen, wie es Emigranten geht (ging), für die das Leben noch etwas anderes bedeutet als Befriedigung täglicher Notdürfte. Es gibt genug, die verlangen nicht mehr. Vorgestern habe ich am Strand einen Deutschen getroffen, der zwei-, dreimal im Jahr nach Jogjakarta kommt, ein Frührentner. Er hat sich in vergangenen Jahren hier wohl gefühlt und fühlt sich auch jetzt wohl. Ohne Arbeit täglich preiswertes Essen auf dem Tisch, was will man mehr! Und in den Tag hinein ohne Lästigkeiten und Verpflichtungen – paradiesisch, oder? O, sancta simplicitas! Oder treffender: o, schafsmäßiges Sichgenügen! Wohl dem, der's kann und nichts merkt. Nein, lieber den Strick.

16.00 Uhr. Eine kleine Fahrradtour (etwa zwölf bis fünfzehn Kilometer), Geländerad vom Wirt. Erst die Hauptstraße Richtung Jogja – lebensgefährlich!

Ein Radfahrer auf der Straße wird offenbar als etwas vollkommen Minderwertiges, nein, als eigentlich gar nicht vorhanden angesehen und entsprechend geschnitten, beim Überholen zur Seite gedrängt, der Vorfahrt beraubt. Und es wirft einen fast aus dem Sattel vor lauter Mief und Abgasen.

Schleunigst abseits in Nebenstraßen und Wege ohne Verkehr, kleinen Bachläufen folgend, die hier überall aus den Bergen herab dem Meer zustreben.

Viel Gehückel von Hütten und Verschlägen als Menschenbehausung, immer diesseits einer Grenze, ab der es einem pittoresk vorkommen könnte – folglich wirkt es, wie es ist: ärmlich und verlottert. Wie auch anders? Zum einen liegt's an der Mentalität der Menschen, zum anderen fehlt's am Geld.

Ja, richtig himmelschreiend ärmlich verlorene Gestalten immer wieder bei einer im allgemeinen wohl gedeihlichen Prosperität in Hondanesien.

Und was heißt Prosperität?

Einen ‚job' haben und auf Pump einen ‚scooter' kaufen können.

Das Putzmädchen hier in der Pension arbeitet von 07.00 bis 15.00 Uhr, ohne Pause zwischendrin, und ist wirklich fleißig bei der Arbeit... kriegt dafür 25.000 Rupiah pro Tag – das sind zwei Euro. Und mehr ist nicht. Keine Kranken-, keine Sozialversicherung, nichts.

Ich habe ihr neulich einen Dollar gegeben, und morgen kriegt sie noch einen oder zwei. Die Augen werden wieder strahlen.

Mittwoch, 09. 02.

Nachts erneut Anfälle!

Kuta, 10. 02.

Ja, seit gestern abend (ca. 22.00 Uhr Ortszeit) auf Bali. Hier scheint mehr Geld im Umlauf, insgesamt mehr Ordnungssinn erkennbar bei gleich bleibendem Grundcharakter: Exotik mit westlicher Zivilisationstünche. Wie ein Wasser mit einem Ölfilm darauf – bunt, schillernd und stinkend und alles andere als naturgemäß.

Heute vormittag den Strand aufgesucht. Deutliches Bemühen, es westlichen Touristen so angenehm und vertraut wie möglich zu machen – und von denen gibt es reichlich.

Das allein mit ein bißchen folkloristischem Spektakel hier und da kann's aber nicht sein. Mal sehen, ob sich noch etwas Authentisches findet. *Angenehm ist auf jeden Fall, daß hier kein Geheule von Derwischen zu hören ist.*

Offenbar Probleme mit dem Medikament. Ich muß mehr als die doppelte übliche Dosis einnehmen, es wirkt trotzdem nicht wie gewohnt. Ich habe Rani angerufen und sie gebeten, mir sechzig von den Pillen, die im Kühlschrank ihrer Mutter gelagert sind, nachzuschicken. Nein, einen so hohen Verbrauch hatte ich natürlich nicht eingeplant. Der Reizhusten will ebenfalls nicht aufhören.

11. 02.

Eine kleine Oase der Ruhe, wo ich hier bin.

Sicher – Kinder, jede Menge… grummelnder Verkehrslärm aus der Ferne, Hondageknatter von der Straße vorn.

Ich sehe Tauben zu, die hellrosa Blüten von einem Baum zupfen und fressen. Dazu andere Vögel, so groß wie Amseln, auch im Gesang an unsere Schwarzröcke erinnernd, allerdings entfernt nur… mit balinesischem canto halt.

Die Hausfrau geht morgens und abends im Innenhof umher mit einem Tablett von Opfergaben und stellt die Schälchen und Teller mit Speisen bei den verschiedenen Schreinen ab, entzündet Räucherstäbchen, verharrt kurz, faltet die Hände, betet. *Götterverehrung, die man sich gefallen läßt. Nichts Aufdringlich-Obsessives.*

Heiß heute. Ich verdöse den Tag, bin einfach zu schlapp. Nachher nochmal ins Gewühl, einige Grußkarten zur Post – und darauf achten, sagt der Manager, daß die Marken gestempelt werden, sonst löst man sie für einen nochmaligen Verkauf ab. Die Karten landen im Papierkorb.

Häufig Anfälle, nachts und sogar auch tags.

12. 02.

Ein rechter Touristen-Zirkus ist das hier, mit allen Erscheinungen, die das so mit sich bringt – vor allem jede Art Prostitution der Einheimischen und gleichermaßen Entblödung der Touristen. Unangenehm fallen Australier auf, ihrer Zahl wegen und mehr noch, wie sie sich geben – auf gut Ballermann-deutsche Art.

Was ich bisher nicht wußte: nicht unweit von hier, wo ich Quartier genommen habe, ging vor zehn Jahren die Bombe hoch, die den Bali-Tourismus fast zum Erliegen brachte. Nach Ansicht des Managers im Losmen hat er sich bis heute nicht davon erholt.

Ich frage ihn: „Who was it with the bomb? Hindu people?" – „No, never, not our people." – „Who?" – „Muslim terrorists, who else?" – „And what happened then?" – „They were all captured and shot, say authorities." – „You don`t believe it?" – „I don't know."

Darauf sage ich ihm, nach dem, was ich bisher gesehen habe, wäre es Zeit für die nächste Bombe. Der arme Mann, er bekommt einen heiligen, nicht nur gespielten Schreck und sieht mich seitdem sehr von der Seite an. Vermutlich auch, weil ich in seiner Gegenwart verschiedentlich Anfälle bekam und er nicht weiß, wie er damit umgehen soll.

Und mag man sich auch noch so zurückhalten in allem, allein die Anwesenheit eines jeden Westlers hier genügt, um den Bombenlegern Gründe genug für ihr Tun zu liefern.

Nein, ich muß an diesem Ort nicht sein.

13. 02.

Also, wenn schon, dann konsequent.

Ich wollte eigentlich morgen zur Nordküste, hatte auch bereits einen Fahrer mit seinem Auto bestellt und bezahlt… zur Nordküste also in der Hoffnung, daß da weniger Rummel ist. Doch Rummel hin, Rummel her, mir gefällt's hier insgesamt nicht. Warum mich also Zumutungen und Zudringlichkeiten aussetzen!

Ich habe allem ein Ende gemacht und mir für morgen einen Flugschein nach Jakarta besorgt. Von dort werde ich so schnell wie möglich nach Deutschland zurückkehren. Mir reicht's mit Indonesien, vier Wochen waren vier Wochen zuviel.

Und selbst wenn ich es anders wollte, es geht nicht. Ich bin mittlerweile in Zuständen, daß ich nicht mehr weiß, ob ich Männlein oder Weiblein bin.

Ich –!

Anhaltende Schlaflosigkeit, die gequälten Bronchien, völliges Zermürbtsein und zu allem: Anfälle über Anfälle.

24. 02.

Donnerstag letzte Woche nach Berlin, ab Sonntag zu Hause. Der Flug ein einziger Alp. Immer wieder Anfälle. Im Flugzeug, in den Flughafengebäuden von Jakarta, Singapur, Istanbul. Die Leute drum herum erschrocken, aufgeregt. Besorgte Fragen. Was sollen sie machen? Dies elende Medikamentenzeug wirkt nicht mehr.

Die Tage seither zu Hause unverändert. Alle viertel Stunde ein Anfall, Tag und Nacht. Am Montag beim Arzt. Erhöhung der Tagesdosis auf 3000 mg (bei normal 450). Hilft nichts. Heute wieder bei ihm. Für nächsten Montag Einweisung in die Klinik. Muß wohl auf ein neues Medikament eingestellt werden. Egal was, Hauptsache, diese Zustände hören auf. Mir ist, als würde mir nach und nach das Hirn aus dem Schädel geblasen, (komme mir vor) wie unter einer Käseglocke. Und immer aufs neue die Anfälle.

Was da geschehen ist...

(17:03; e-post an Rani)
Hallo my dear,
a friend of mine sent you an e-mail Friday last week. Till now no answer from you. Didn't you get the mail? Please, answer me.
I have arrived on Thursday last week in Berlin in a not so much contenting condition and I'm now trying to manage my health problems.
I tried to call you, but the pre-dialling number from Germany does not operate, I don't know why.
Once again many thanks to all of you and best wishes
Frederik

26. 02.

(10:49; e-post von Rani)
Hi frederik,
I'm so sorry I didn't open mail… we all missing you, the best wishes for you. Hopefully you get better soon. And maybe if I have much time I will come to Germany.
We all happy to know you. Take a good care cause we all love you.
Greetings from Erik and mama.

27. 02.

(04:14; e-post von Rani)
Frederik if you want call me, use this number 0062-8581131317… thank you.

Seit heute Vormittag in der Klinik. Arzt und Professor zur Erstvisite durch. Entscheidung: Verlegung in den Kameraraum, damit sie sehen können, was mir geschieht, wenn's anfällig wird. Und Zufall – gerade als sie bei mir sind, geschieht es. Kein Wunder, so oft wie es auftritt. Einen Eindruck haben sie also schon mal. Wenn ich richtig verstanden habe, wird ab morgen ein neues Mittel ausprobiert.

Sonst ein sehr schöner Tag. Fast frühlingshaft. Blanker, blauer Himmel. Den ganzen Tag Sonne. Das kurhessische Bergland, so winterlich öde es noch daliegt, scheint aufzugrünen unter solchem Himmel. Einfach, schön, das schöne Deutschland – im gleichermaßen eigenständigen Sinn beider Adjektive... wohlgemerkt Adjektive! *Einfach* – nichts Exotisches, braucht's das? – und dennoch, ja, gerade deswegen *schön*, ganz aus sich heraus, aus seinem Wesen, ohne spektakuläre Oberflächlichkeit.

Es ist jetzt 17.30, gleich gibt's Abendesssen.

Frühe Termine in solch einem Betrieb.

01.03.

Herrlicher Sonnenaufgang. Nur die rote Scheibe, eingebunden in einen Glast von Dunst über dem östlichen Hügelkamm vor meinem Fenster. Befreit sich dann, steigt strahlenkräftig empor... am Ende doch bedeckter, nicht so klar wie gestern.

Vormittag, EEG (wie oft eigentlich schon im Lauf der Jahre ohne auch nur irgendein Ergebnis?), anschließend Verkabelung für das Dauer-EEG (bisher ebenfalls immer ohne jedes Resultat). Sie ziehen halt ihr 08/15-Programm durch. Wenn es auch nichts bringt, als Leistung gegenüber der Kasse läßt es sich allemal abrechnen.

Seit heute vormittag ein anderes Medikament. Wenn ich richtig verstanden habe, nicht mit der strategischen Ausrichtung einer Diagnose ‚Epilepsie' (warum auch?), sondern anders ansetzend. Muß mir das noch mal erläutern lassen. An ‚Epilepsie' habe ich nie geglaubt. Was immer sonst es auch sein mag, ist mir im Grund egal, Hauptsache, etwas hilft.

Ansonsten die Welt draußen wirklich wie eine andere Welt – *da* und *nicht* da.

Ich blicke durch das Fenster… sehe Stadtrandbebauung... Einfamilienhäuser, Grundstücke darum, Rasen, Beete, Einfahrten, Garagen, Autos, zwei halbhohe Nadelbäume rechts vor dem Fenster... noch außerhalb des Sanatoriumsgeländes. Sie bewegen sich, Wind geht offenbar… durch die Mehrfachverglasung kein Geräusch. Ja, *da* und *nicht* da.

Nur der Kamm zum Horizont scheint *da*; still und mehr oder weniger steil aus einem Taleinschnitt heraus ansteigend, dazu ein einzelner dünner Rauchfaden, ebenfalls still, über dem Schornstein eines vereinzelten Gehöfts… beides hat seltsamerweise Präsenz.

Durch sein Schweigen vielleicht – von etwas eben, von dem man nichts anderes als Schweigen erwartet.

02. 03.

Hochdruckeinfluß quer in einem Streifen in west-östlicher Richtung über Deutschland hinweg. Frisch dabei, selbst tagsüber; und auch heute wieder der leicht verhangene , etwas dunstige Aufgang, in dem die Sonne in diesem Gezerre, Geschiebe, Gelagertsein von Schlieren, Wolkenfetzen, Dunst noch gerade soviel Kraft findet, um als kreisrunder, nicht einmal blendender, nur rötlich angehauchter Feuerpunkt über diesem ominösen Kamm zu erscheinen – Licht, Licht, Licht!
Hier drinnen weniger Licht. Das alte Medikament bleibt erst mal, dazu noch das eine oder andere als Ergänzung. Diese heftigen Ausreißer mit ihren begleitenden Panikschüben sind nicht mehr so, stattdessen eine Art Grundstimmung von allgemeiner und allgegenwärtiger Gefährdetheit... moderat im Vergleich und so weit unter Kontrolle jetzt, daß eine Steuerung möglich ist und Umstehende bei einem Anfall nicht unbedingt etwas mitkriegen.
Das Publikum hier, unabhängig von jeweiligen Malaisen und auch unabhängig davon, ob Patienten oder Pflegepersonal kommt daher wie gewohnt und üblich – der allgemeine Durchschnitt halt. Kein In-sich-gehen wegen eines mehr oder weniger ausgeprägten Gebrechens. Teilnehmen will man, teilhaben, möglichst uneingeschränkt, ganz so wie im richtigen Leben. Kei-

ne Relativierungen, keine Wertigkeiten, die im Ansatz irgendwie anders klängen – nein, life is life, ich gehör dazu.

*

Egal, ich habe ein neues Opfer gewittert, neue Beute. All meine Jagdinstinkte gehen mit mir durch. Ich bin zwar momentan nicht gut auf dem Posten, doch so weit funktionieren die alten Reflexe, um ein Opfer als Opfer zu erkennen.

Ein offenbar leichtes Opfer doch – eine Unglückliche, Hilfebedürftige, Hilfesuchende.

Das ideale Opfer!

Ihre Krankheit. Ein Mann, den sie nicht liebt... der sie nicht liebt.

Wie geschaffen als Opfer, scheint mir.

*

03. 03.

07.30 Das bekannte Schauspiel der letzten Morgen – die Sonne mit ihrem Lichtkranz grad über dem Kamm, heute jedoch so strahlkräftig, daß das Auge den Blick hinein vermeiden muß. Eine Daumenbreite rechts daneben die zweite Sonne, die sich im Fensterglas spiegelnde. *Sie* erträgt das Auge; und so schön auch sie leuchtet, ihr fehlt etwas... die bezwingende Macht und Kraft der alles vernichtenden Hitze, die ja nur auf diese so genauestens tarierte Entfernung zum Lebensspender wird – also der zweiten fehlt etwas. Ich will nicht sagen, sie glotzt tot wie ein Fischauge, dafür hat auch sie, selbst wenn keine abstrahlende, so doch eine Art innere Wärme und ist schön so.

*

Ein verhangener Tag zunächst. Morgendämmerung, die sich nicht heben mag zu heller Frische. Sich einfach nur gehen läßt... und warum nicht!

Regen liegt in dieser Dämmerung, wozu sich an die Ahnung einer Sonne verlieren, um dann sehen zu müssen, wie sie mit tröpfelndem Grau herniederfällt.

Aber o Wunder, o dieses Wunder, nun ist sie doch da!

Viertel vor neun, und sie hat sich über den Kamm gehoben, auf einem Wolkenbett gelagert... ein Wolkenbett, blaßgrau, von zweifelhaftem Charakter, wie in sich unentschieden, ob so oder so – dann halb verhangen bereits wieder, mit dem oberen Rand noch gerade über das Wolkenband hinaussehend – die Sonne!

Die Schöne.

Und die *andere* Schöne.

Könnte ich Dich Schöne doch ebenfalls sehen. Wenn auch ebenfalls nur wie hinter einem Schleier, und dabei aber Deine Augen sehen – frei, unverstellt, mit diesem leichten Fragen darin, diesem Nicht-Wissen.

Was es bedeutet, weiß ich nicht.

Unsicherheit? Ein wenig Spöttisch tun? Mit der Frage: wer bist du überhaupt, daß du mir nahe kommen willst?

Will ich es denn?

Ja.

So von Herzen gern.

Und – nein.

Spontan ja. Ja, natürlich. Was auch sonst bei einer Liebsten wie Du eine bist.

Und nein – warum nein?

Ach, warum?

Da sind so viele Warum. *Zu* viele, daß man jedes Ja fast gleich wieder vergißt.

Warum haben Dinge und Menschen ihre jeweiligen Konstellationen? Nein, nicht Konstellationen – ihre Fesseln! Was ist, das sie nicht frei sein läßt?

Sibel, Liebste…

Sind *wir* etwa frei?

Wir könnten versuchen, uns ein wenig Freiheit zu stehlen, ja, buchstäblich zu stehlen wie ein Hühnerdieb bei Nacht und hätten sogar noch unser schlechtes Gewissen dabei, was man vom Dieb in aller Regel kaum sagen kann – ja, stehlen. Gewinnt man etwas mit Stehlen? Diese besondere, hier und da noch geächtete Art Erwerb, natürlich, aber eben Erwerb. Gewinnt man etwas mit Erwerb?

Ach, Erwerb – Mühseligkeit alles. Während der Entstehung bereits im Vergehen begriffen oder sogar schon dem Vergangenen angehörend.

Vergangen, vergangen…

Erwerb – mir unvorstellbar in Gedanken auf Dich.

Wie dann?

Als Geschenk?

Wem widerfährt solches Geschenk? Und was überhaupt erwarte ich? Ist nicht dies bereits das Geschenk, daß ich Dir begegnen durfte?

Ein so liebevoll sich darbietendes Geschenk. Gleich da, ganz da, ohne aufwendig, verheißungsvoll, Erwartungen weckend verpackt zu sein… keine möglicherweise falschen Versprechungen, kein Talmiglitter!

Nein, so wie Du bist.

*

„Was hast du gedacht, als du mich gesehen hast?" frage ich.

„Wann?"

„Als ich das erste Mal in den Gemeinschaftsraum gekommen bin."

Du siehst mich an und danach zur Seite.

„Sibel –"

„Ja?"

„Und ich mich dann hinten rechts in die Ecke an meinen Tisch gesetzt habe."

Du zögerst weiter.

„Ich weiß nicht, ob ich Dich gesehen habe. Nicht sofort, meine ich."

Sibel – Du hast mich gesehen!

Du hast mich angesehen.

Und ich habe Dich angesehen, nur Dich. Ich habe mit dem Rücken zur Wand gesessen, allein am Tisch, mit dem Gedeck und meinem Namensschild vor mir. Du am Tisch nebenan, mit dem Gesicht zu mir.

Und Du hast mich angesehen.

Hast Du etwas gedacht dabei?

Ich habe gedacht, etwas so Schönes paßt nicht in solche Umgebung. Das ist gesund, das ist heiles, schönes Leben – ja, schön und gesund, vor allem schön… und konnte mich nicht satt sehen an Deiner Schönheit und muß Dich immerfort angestarrt haben – und weiß allerdings nicht, ob Du es bemerkt hast, so sehr bin ich in meinem Starren gefangen. Was ist das, frage ich mich. Das muß ein Versehen sein. Von mir selbst. Oder das Versehen irgendeines Geschicks. Solche Schönheit! In soviel mehr oder weniger Hinfälligkeit um sie herum.

Oder Halluzination? Ein Gaukelbild?

Ja, nach soviel Blitzen und auch Dumpfheit im Schädel ein abschließendes, gnädiges Wohlsein – dem Auge, der Seele, dem geschundenen Hirn.

Ebenholz-Sibel, Du sanfter, zarter Nackenschwung, den ich im ersten Vorbeigehen bereits wahrnehme, Du liebliche Schulter, Du schlanke Gestalt, Du hohe Brust – ach, wärst Du bei mir. Du und Deine Stimme mit ihrem Türken-Deutsch, so ein eigenes Deutsch mit seiner so eigenen Satzstellung, seiner fremdartigen Aussprache und doch lieb, lieb... wie um Hilfe bittend – ein Kind, das so ganz Eigenes auf seine ganz eigene Weise auszudrücken versteht.

Alles, alles lieb... und alles, alles liebe ich an Dir!

Aber ich rufe Dich nicht an. Nein, jetzt wo Du fort bist, rufe ich Dich nicht an. Du hast mir zwei Telefonnummern und Deine Adresse gegeben und gesagt, ich solle Dich nur während der Woche und tagsüber anrufen, wenn Dein Mann auf der Arbeit ist – nein, ich rufe Dich nicht an.

Und Du?

Denkst Du so an mich, daß Du mich anrufst – anrufen *mußt*?

Wenn es danach ginge, wie oft und heftig ich an Dich denke, würden die Telefondrähte, wenn es so etwas noch gibt, zwischen uns glühen.

Nein, ich rufe nicht an.

So lange ich noch hier bin, will ich fein niederschreiben, was ich für Dich fühle und über Dich denke. Und wenn ich dann zu Hause bin, alles säuberlich abtippen, in einen Umschlag stecken und mit Deinem Sibel-Namen darauf Dir zuschicken.

Und dann?

Vielleicht wird noch etwas ganz anderes daraus als das, dessen Gestalt und Umrisse es augenblicklich zu haben scheint und wird – wer weiß – sogar ein kleines Büchlein. Meiner Sibel, meiner liebsten Sibel gewidmet, die ich eigentlich gar nicht kenne und so gut doch zu kennen meine.

Mein liebster Schatz, ob wir uns noch einmal begegnen? Wie würde es aussehen? Wären wir befangen? Würden wir einander in die Arme nehmen, einen Wangenkuß tauschen, wie wir uns ‚geküßt' haben bei unserem Abschied – und Dein Mann ja dabeistand. Ach, ich weiß so wenig. Eigentlich weiß ich gar nichts. Nur daß ich so voll von Gefühl in mir bin. Gefühl, das Du mir bist, Liebste.

*

Sibel, Schatz, mein liebster Schatz – was soll ich sagen?!

Du rufst an – *Du*!

Ja, ja, und schöne Grüße an alle… und mich rufst Du doch an, mich!

Und ich sage Dir sogleich, wie sehr Du mir fehlst… daß ich Dich überall sehe und höre, wo Du doch gar nicht da bist… und Du sagst einfach: „Danke".

So ein besonderes Danke, wie man es sagt, wenn man nicht recht weiß, ob man etwas annehmen soll oder darf und doch auch glücklich darüber ist, daß einem ein Geschenk gemacht worden ist.

Wer macht denn wem das Geschenk?

Du mir doch! In allem! Weil es Dich gibt. Und auch mit Deiner Stimme. Mit Deinen Augen und dadurch, daß Du an mich denkst… mich fragst, wie es mir geht und mir sagst, daß wir wieder telefonieren werden.

Und morgen werde ich zusehen, daß ich irgendwo Schreibpapier und Briefumschläge auftreibe. Ich will Dir schreiben, jeden Tag schreiben. Selbst wenn es nur ist, was es hier zum Essen gibt – und vor allem aber auch und immer gleich am Anfang und am Ende noch einmal, daß ich Dich lieb habe, so sehr lieb.

Muß man sonst noch etwas schreiben?

Oder sich gar den Umstand machen, Schreibzeug zu beschaffen, um irgendetwas zu schreiben, das *nicht* sagt, ich habe Dich lieb?

Alle Schriften dieser Welt sind nur aus dem einzigen Grund einmal erfunden worden, daß ein Mensch einem anderen nicht allein sagen, sondern es für alle Zeiten niederschreiben kann: ich habe Dich lieb! Und jeder, der das Liebhaben einmal kennengelernt hat und dem es in Worte geschrieben wieder über den Weg kommt – von wem und wann auch immer geschrieben – wird wissen, was es bedeutet. Immer, so tief wie es in seinem Herzen ist.

Ja, ich hab Dich lieb.

So steht's hier geschrieben.

Ich habe es geschrieben und komme mir vor, als hätte mir jemand das Leben neu geschenkt.

Jemand –?

Du doch, *Du*! Du, meine Liebste!

Und wenn wir uns das nächste Mal sehen, werde ich meine Kamera mitbringen. Dich fotografieren und filmen und Deine Schönheit festhalten, daß alle Welt, wirklich *alle* Welt sehen kann, wie schön Du bist – wenn sie denn (die Kamera) Deine ganze Schönheit einfangen kann.

Allerdings zweifle ich nicht daran.

Sie spricht aus Deinen Augen.

Die Kamera wird sie festhalten.

*

Von den Edelstahlrohren, deren mattes Blinken sich kaum über die Dächer hebt, werden Rauchfähnchen losgerissen. Losgerissen, zerfetzt und zu Boden gedrückt – ein zausiger Wind geht, nördlich kalt, mit kalt dunklem Himmel darüber, kalt und klar, gegen Westen vom Horizont her milder ausgeleuchtet mit gelbstreifigen Kondenslinien hinter silbernen Flugzeugpünktchen. Unter dieser dunklen Kälte, jenseits der Stadt, Hänge hinauf Ackerboden, weitflächiger grauer Boden, mit Schatten bedeckt, Markierung von Feldwegen dazwischen, von dürrem Gesträuch hier und da flankiert.

Ja, ich bin nach dem Abendessen hinaus.

Und sitze jetzt auf meinem Bett, an diesem multifunktionalen Nachttisch mit ausklappbarer Abstellfläche vor mir und schreibe. Frage mich dabei, was Du gerade machst, Du, meine Liebste. Ich hoffe so sehr, es ist etwas Schönes, das Du tust. Und was es sei, es *ist* schön. Das sage ich mir, und dann ist es so.

Und gerade klopft es.

Danni, deine ehemalige Zimmergenossin schaut herein. Sie fragt, ob ich nicht mitspielen will. Dein Bett ist bereits wieder belegt, eine ältere Frau, die sehr viel Unruhe macht, wie sie sagt. Du warst ihr auf jeden Fall lieber, nun ja… soll ich etwas dazu sagen?

Spielen also – Du weißt, ‚Mau-Mau' oder ‚Mensch ärgere Dich nicht'… vielleicht einmal etwas anderes.

Wärst Du doch dabei!

Du könntest mich rauskegeln ein ums andere Mal, und immer würde ich die Hand küssen wollen, die den jeweiligen ‚Unglückswurf' getan hat – *Deine* Hand ja!

Und was für ein ‚Glück' oder ‚Unglück' das doch ist, in einem Spiel zu gewinnen oder zu verlieren. Gibt es nicht soviel richtiges Glück – oder Unglück?

Du mein Sibel-Glück!

*

In einem kühlen Grunde, da fließt ein Brünnlein kalt, und wer daraus getrunken, und wer daraus getrunken, bleibt jung und wird nicht alt.

Ich hab daraus getrunken so manchen kühlen Trunk, ich bin nicht alt geworden, ich bin nicht alt geworden, ich bin nicht alt und bleibe jung.

Ade, mein Schatz, ich scheide, ade, mein Schätzelein, ich bin nicht alt geworden, ich bin nicht alt geworden, doch bin ich so allein.

Sibel, allein. Weiß ich denn nicht, was –?

Ja, was?

Wirklich das!

Natürlich weiß ich es. Ob Du auch, weiß ich nicht.

Oder ist irgendwo ein anderes Geschick in Sicht?

Allein, allein…

Kann man allein sein mit solchem Gefühl?

Du und Du und wieder – *immer* Du!

Und dann allein?

Ja.

Ich fürchte, ja.

Wenn ich etwas als Erfahrung meines Lebens zur Kenntnis nehmen muß, dann dies schreckliche Wort: allein.

Natürlich bin ich alt geworden, doch ob alt oder jung – stets dies allein.

Oder vermagst Du Hoffnung zu geben? Du, die ich kaum kenne, und die – vielleicht gerade darum – an etwas wie Hoffnung glauben lassen könnte.

Illusionen alles!

Sibel, Liebste, Liebste – sag nichts, laß mich Illusionen denken, und fast will ich's zufrieden sein in soviel Bescheidung ringsum. Bedenke, Illusion in all der Nüchternheit sonst. Eine romantische Ausschweifung, welch Gang hinab in die Schatzkammern eines Möglichen, eines denkbar Möglichen, eines fühlbar Möglichen.

Liebste, es ist gleich zwölf mittags. Ich habe Dich noch nicht angerufen. Mir ist bang. Wie wirst Du heute zu mir sein?

Und schreiben will ich Dir doch nicht. Alles soll hier in die Kladde hinein. Ich fürchte sonst, es zerfleddert und verliert sich. Konzentration, ganz Konzentration auf Dich – und in mich.

Dann wird es werden.

*

Oder ist es eine Winterliebe?

Soviel Sonne und Sonne und den ganzen Tag Sonne und doch kalt dabei. Eine frostige, klare Kälte, zwickend und beißend in Ohren und Kopf hinein – und soviel strömende Sonne.

Blinkende Dächer, nah und fern. Ach, diese Einfamilienhausdächer, wie viel Liebe ist darunter? Ist überhaupt welche darunter? Nur ein Bruchteil von dem, was unter meinem Sibel-Sonnen-Himmel ist?

Sibel-Sonne.

Sonne!

Sibel, welch ein Himmelsgestirn!

So blank, so hell, so gleißend, so ganz anders als Deine Augensterne sind; und sie liebe ich ja noch mehr als die strömende Helle, die doch wehtun kann in ihrer Strahlkraft.

Du tust mir nicht weh, nein, Du nicht.

Ich mir vielleicht selbst.

Vielleicht –?

Wenn ich es nicht anders wüßte, wäre mir unter wohl-
wollender Berücksichtigung meiner derzeitigen Verfassung „vielleicht" zu sagen erlaubt – doch so?

Ach, Liebste, der erste Tag des ersten Werdens und
zwei unschuldige Menschenkinder darin. Dazu geschaffen, ihre Unschuld zu leben und einander wohl
zu sein.

Bin ich nicht ein Phantast? Ein Tagträumer? Ein aus-
gewiesener Fall für die Neurologie oder gar Psychiatrie?

Und doch, doch –!

Ich weiß nicht, was an Dir ist, das mich an den Tagträumer in mir glauben läßt. Ich weiß nur, wenn ich
Dein Bild in mir habe, ist mir, ich müßte weinen.

Weinen wie ein Kind, das nach langem Bangen und Irren nach Hause gefunden hat; zu allem, was vertraut
ist und lieb und gut. Du Vertraute und Liebe und Gute,
ja.

Und also wieder drin in dem stets alten und neuen Zir-
kel, diesem Kreis von Gewinn und Verlust, von Aufschwung und Verzagtheit.

Muß einem dabei nicht schwindlig werden, so sehr schwindlig?

Und ist alles weitere dann ein Wunder?

Nein, keins – und ist in seinem Kern doch ein so großes, großes Wunder, das größte überhaupt.

Das Wunder macht ein Blick, ein Lächeln, eine Berührung – macht mein liebes Sibel-Mädchen.

Das ist Zauberei.

Was sonst auch sollte Zauberei sein?

Mag alles noch so großartig daherkommen, es ist nichts gegen meine Sibel-Zauberin.

*

Eine seltsam verdunkelte Welt.

Im Blick voraus auf die Straße hellster Sonnenschein mit Blendeffekten hier und da. Nach rechts und links zu den Seitenscheiben des Autos hinaus getönt diffus, wie verschleiert: Windwurfflächen, Stämme geborsten oder mit Wurzeltellern, rund, flach, dürr verzweigtes Wurzelwerk in Erdreich gekrallt, braun, tot. Ackerflächen, teils schon gemistet für die Frühjahrsbestellung, kreuz und quer gegeneinander gerichtet… Kuppen, dunkle Waldsäume aufliegend… Klippen, ein Steinbruch… eine kleine Birkenallee, weißfleckig, verloren in soviel Graubraun… Fachwerk, geometrisch geordnet, Symmetrie, Sinn… phantasielose Siedlungshäuschen… grün eingerolltes Folienstroh – und alles diffus, so Sonnenbrillendiffus… zu allem auf Abstand, augen-, nerven-, seeleschonender Abstand… verdunkelt eben.

Der Fahrer redet. Nicht mit ihm. Redet zum Beifahrer.

Bachläufe, gewunden, Kopfweiden, struppig, Erlen, ein Pulk Krähen am Bach, schwarz, bewegt, hüpfend, Klafterholz am Feldrain, entrindet, geschichtet, helles Hirnholz gegen tief stehende Sonne.

Er sitzt in der hinteren Reihe im VW-Bus – Wortfetzen, Satzfetzen.

Der Fahrer redet.

Sagt er auch etwas?

Hunderte, Tausende Worte… sagt er nur einmal – Sibel?

Wenn nicht, warum redet er überhaupt? Und schweigt nicht einfach – und denkt vielleicht: Sibel.

Einer wie *der*?

Ein so rundgesichtiger, in soviel Fett und soviel sichtbarer Selbstgewißheit und Selbstgefälligkeit steckender Mensch – einer, der soviel redet.

Wer außer mir kann denn sein, der Sibel denkt?

Sibel denken *darf*?

Nicht allein als Buchstabenfolge und Name, sondern aus der ganzen Wahrheit und Berechtigung eines Gefühls wie des meinen heraus – SIBEL!

Du mein Gefühl!

Wohin fährt es, das Gefühl?

Wohin *würde* es so gern fahren?

Nach Kassel, wohin sonst. Ins gesichtslose, kriegs- und noch mehr nachkriegszerstörte Kassel, die schönste Stadt der Welt!

Und wohin wird er wirklich gefahren?

In die genau entgegen gesetzte Richtung – Marburg.

Das schlanktürmige, schöne, nicht kriegs- und nachkriegszerstörte Elisabeth-Marburg.

Der Transporter im Schatten der Stadtautobahn abgestellt. Die steht auf Stelzen über weiteren geparkten Bussen. Straßen dann, Baustellen – SpaDaKa? Nein, nicht. SpaDaKa-Gebäude, darin die Fachärztepraxis für Computer- und Magnetresonanztomographie.

Marburg und Stadtautobahn auf Stelzen. Wie in Jakarta, Autobahnen über endlose Slums hinweg. Nein, auch nicht wirklich schön hier, gleich beim Hauptbahnhof in Marburg… und hat ja ansprechende Ecken und Winkel, wo es das Bürgerhaus- und Fachwerk-Marburg noch ist.

*

Inzwischen alles vorbei.

Wartezimmer, Registrierung, Untersuchung, die CD mit den Schnittbildern. Die junge, so selbstsichere Ärztin – „keine Anomalien"!

Wie auch! Nichts! Ist nie etwas gewesen – und ist dennoch etwas.

„Wie lange haben Sie das schon?"

„Seit Ende zwanzig."

Sie schüttelt den Kopf. „Keine Anomalien." Sie sitzt an ihrem Arbeitstisch und blickt kurz auf den Bildschirm. „Herr, äh… Herr Helm, aber Sie legen die CD dem behandelnden Arzt in der Klinik bitte auch vor, ja?" Dann steht sie auf und reicht ihm die Hand. „Alles Gute für Sie."

Wäre sie nur nicht so selbstsicher, dann wäre sie vielleicht eine gute Ärztin, der man glaubt, das sie anderen Menschen aus ehrlichem Herzen tatsächlich Gutes wünscht.

*

Und irgendetwas ist.

Wie nennt der Professor in der Klinik es?

Hab's vergessen. Nichts von Epilepsie halt. Übermotorik… nein, Übersensorik… ebenfalls nicht… Über…Über… Über…, ich weiß nicht was, irgendein Über.

Ist gut, läßt sich doch gut leben mit einem Über, oder? Nicht besser als mit einem Unter? Ein Unter gar, das schon fast an scheintot denken läßt.

Ja, es lebe das Über, welches es sei!

Und *über* allem Du!

Du, meine Sibel!

Habe ich Dich Überüber nicht meinem Über zu verdanken? Wie je sonst hätte ich zu Dir finden können ohne dieses ominöse, nein, mystische Über.

*

Und so sitzt er im Bus und wartet mit den anderen bereits abgefertigten auf den letzten Patienten, der wieder der Beifahrer sein wird und wird erneut eine seltsam getönte Seitenwelt und eine dann etwas weniger hell zeichnende Geradeauswelt sehen und wird Gespräche hören, die er nicht hört, und Menschen sehen, die er nicht wahrnimmt, und zu allem Überfluß noch Stimmen aus einem Radio hören, die das Fremdeste und Unverständlichste sind, das er je gehört hat – und was er weiß, wirklich weiß und auch will, daß er es weiß, ist die Tatsache, daß das Auto bald wieder fährt. Nicht nur einfach so fährt wie ziel- und richtungslos oder sogar noch von etwas fort, sondern in eine bestimmte Richtung – diese Sibel-Richtung doch.

Nicht bis ganz zu Dir hin, nein, nein, das nicht, das ist ausgeschlossen, doch *näher* zu Dir, ein gut Stück näher, sogar fast die Hälfte der Gesamtdistanz, die mich von Dir trennt.

Näher.

Ist dieses Näher nicht so wertvoll wie mein Über? Noch wertvoller sogar, weil nicht so mystisch, so entrückt, sondern irgendwie faßbar, real… faßbar in einer nüchternen, exakten Zahl wie etwa fünfundachtzig.

Fünfundachtzig Kilometer.

Und dennoch weiterhin *trennt*.

Ja, da steht es.

Trennt.

Und auch wieder nicht.

Denn gerade die Trennung macht doch, daß eine solche Sehnsucht ist. Und was ist das eigentlich Schönere? Die aufgehobene, die *tatsächlich* aufgehobene Trennung? Oder die Sehnsucht?

Ach, wenn ich es wüßte!

Das „eigentlich Schönere"…

Ist Sehnsucht etwas Schönes? Nicht vielmehr ein Weh?

Ja, Sehnsuchtsweh.

Schönes und Weh, wie geht das zusammen? Geht es überhaupt zusammen? Oder *muß* es zusammengehen, damit das Schöne schön und das Weh weh ist?

Seltsame, gar verdächtige Fragen?

O, nein, ich muß mich nicht erst vergewissern, daß ich kein Lüstling bin. In keinerlei Hinsicht. Und Lust an Qual, an Selbstqual schon gar nicht.

Und wenn Du mich zwischendurch angerufen hättest!? – Wo habe ich auch nur meinen Kopf, daß ich das Handy in der Klinik lasse.

Egal, morgen hast Du meine Karte, diese Ansichtskarte mit ich-weiß-nicht-mehr-was auf der einen Seite und auf der anderen die akkuraten Adreßlinien mit *Deinem* Namen und *Deiner* Anschrift darüber. Zwei, drei Sätze dazu. Sie sagen alles, glaube ich. Sagen es so, daß Du es verstehst.

Mein Engel und Traum.

Mein Traum… mein Traum…

*

Nein –! *Kein* Traum!

Mein Engel ist *da*!

*

Ich weiß nicht, was ich sagen soll.

Ich bin überglücklich!

*

64

Zwei Hände plötzlich auf meinen Augen, leicht, so leicht, mit Armen von hinten um mich geschlungen – Überraschung erst, ganz Überraschung… wessen Hände, wessen Arme… einfach nur stillhalten… und dann, dann, dann weiß ich es plötzlich, *weiß* es, weiß wie ein gottgeschenktes Wissen weiß… zur Bestätigung die Stimme, die allerliebste Stimme!

Deine Stimme!

Ist es denn wahr?

Du da?

Du wieder da?

O, wenn es etwas gibt, und was es auch sei – ich danke, danke allem und jedem… meine Sibel wieder da!

Warum? Warum wieder? So plötzlich wieder?

So völlig, völlig unerwartet.

Ein Medikament, das sie nicht verträgt, die Ärmste – ja, die Ärmste und ich Glücklichster.

Das neue Medikament… sie verträgt es nicht. Epileptischer Anfall. Notarzt. Krankenwagen, der sie von Kassel zurück in die Klinik bringt – und lächelt dabei, ein so glückstrahlendes Lächeln... ein wenig schelmisch auch.

Die anderen um uns herum, Stimmen hin und her. Ich stammle, lache irr, abgerissen, hysterisch, nehme sie etwas zur Seite, mehr flüsternd oder eben nur gerade so laut, daß sie es bei dem Stimmenwirrwarr versteht: „Wegen mir… bist Du wegen mir zurück?"

Sie lächelt weiter, schaut kurz zu den anderen und sagt: „Ja, ja" … legt mir wieder die Hände auf die Augen, diesmal von vorne und ich höre sie noch einmal ja sagen.

Und Ärmste –?

Sie ist doch ebenfalls glücklich, so sehr glücklich, ich sehe es. Die Augen – diese strahlenden Augen, soviel Glück darin!

Ich kann nichts mehr sagen.

Liebste, Liebste…

Was auch sagen?

*

Und dann nur noch einem schönen Morgen und noch schöneren Tag entgegen schlafen – dabei soll es regnen über Nacht.

Ach, Regen!

Er läßt mein Glück sprießen, läßt es in frischestes Grün schießen.

Lautlos stille Feuerwerke von leuchtenden Blumenwundern blühen und grüßen von allüberall.

Ja, über Nacht ein Blütenzauber und noch dazu im Winter!

Ein kleiner Schmerz bei soviel Glück – was will, was *muß* ich Dir nicht alles sagen!

Nur wie? Wo?

Wir sind nie allein.

Eine Zweisamkeit in strengster Isolation, ja!

Doch ständig diese Leute um uns herum.

Es ändert nichts, ich muß es erst einmal nehmen, wie es ist und auf Besserung hoffen.

Und Besserung…

Du bist da! Hätte ich das vor einigen Stunden überhaupt für möglich halten können!?

Du bist *da*!

Und was für Augen Du hast!

Ich verliere den Verstand über Deine Augen.

Wir sitzen nebeneinander am Tisch, an diesem ‚Mau-Mau'- oder ‚Mensch-ärgere-Dich-nicht'-Tisch, über Eck… berühren uns zaghaft – an den Ellbogen, mit den Knien, im flüchtigen Hinstreicheln über eine Hand, als solle eine Spielkarte erneut richtig hingereicht werden – und geht dabei nur um das Streicheln.

Mit dem Streicheln sagen, ich liebe Dich.

Wie sehr liebe ich Dich!

Und wie soll das noch enden?

*

Nein, kein Regen.

Der Wind hat gedreht, die Rauchfähnchen gehen nach Nordosten, zögerlich, wenig entschieden.

Auch diese Dinge müssen sich finden, wie es aussieht.

*

Er geht mit ihr nach dem Frühstück durch den Nebenausgang vor die Tür nach draußen. Geht etwas schräg hinter ihr, berührt sie an der Schulter. Sie dreht lächelnd etwas den Kopf und nickt. Sie gehen vor die Tür.

„Ich habe dir eine Karte geschrieben", sagt er.

Sie versteht erst nicht. „Eine Karte?"

„Ja, eine Grußkarte. Sie wird heute in deinem Briefkasten sein. Macht das Ärger?"

„Ärger?"

„Dein Mann…"

„Das ist mir egal."

„So ganz egal?"

„Ja."

Er sieht sie an.

„Bist du wegen mir zurückgekommen?"

„Ja."

Sie blickt schräg rechts über seine Schulter auf den Vorplatz vor dem Gebäude – ein ovaler Wendehammer für Ambulanzfahrzeuge, ein Behindertenparkplatz neben dem Rondell innerhalb des Hammers. Mulch, Sträucher, winterkahl, Zypresse, spitz, so unsinnig spitz nach oben hin, bleistiftspitz – und der Blick über die Schulter.

„Ja."

Dann sieht sie ihn an und lächelt.

„Ja."

Die Augen lächeln, diese so warmen Augen... leicht geöffnete Lippen, wieder Grübchen um den Mund.

Alles lächelt „ja".

„Was soll dies werden?" fragt er.

Fragt, weil er sich nicht vorstellen kann, was es mit soviel Glück werden soll.

Sie zuckt die Schultern. Schaut erneut über den Vorplatz und zuckt die Schultern.

Splittkörnchen überall. Auf dem Fußweg, auf dem sie stehen. Drei, vier Schritte zur Tür hin hinter ihnen und dreißig, vierzig Meter zum Haupteingang. Splittkörnchen über die ganze Fahrbahn des Wendehammers verteilt. Zu den Rändern hin dichte Streifen mit kleinen Häufchen Schnee hier und da, fast mehr Splitt als Schnee, grau verloren auf diesem Asphaltgrau. Blätterreste, Kippen, Ästchen, verkrusteter Schmutz im Rinnstein. Er bewegt den rechten Fuß, spürt den Splitt unter der Schuhsohle, hört ein knirschendes Geräusch, fährt noch einmal über den Splitt, holt leicht aus und tritt. Tritt wie ins Leere, aber auch so, daß er meint, er tritt den Splitt unter dem Fuß fort und tritt noch einmal. Einzelne Körnchen springen verschreckt hoch, doch das Knirschgeräusch bleibt, ist sogar stärker noch – und soviel Glück!

Ein Zurückkehrglück? Ein Wiederglück?

Ein Winterglück?

Ein – Splittglück?

Mit einem häßlichen Geräusch?

Macht Glück häßliche Geräusche?

Nein, nein.

Er faßt sie an der Schulter, ein leichtes Berühren nur, kein Druck, kein Dirigieren, kein Leiten, nur ein eben so Berühren.

Sie sieht ihm in die Augen.

Aller Splitt ist fort. Alle Winterhäßlichkeit, alles Knirschen in dieser Welt.

Es ist nur – Glück.

Sibel-Glück.

Das einfach zu ihm gekommen ist. Ganz allein, aus freien Stücken, aus…

Freien Stücken?

Nein, weil ein Glück *muß*!

Es muß Glück sein wollen. Wenn eine Liebe ganz von innen heraus kommt, darf sie Glück sein.

Ach, so ein Winter!

Bald ist Frühling!

Schnee, Splitt, gefrorener, verkrusteter Dreck, was ist das?

Eine nadelspitze Zypresse, was schert sie mich? Was soll ein Friedhofsbaum in solchem Frühlingsglück!

Und dann noch der Sommer…

Ein so bunt reicher Herbst…

Und danach?

Was soll es werden mit soviel Glück?

Halt, halt – wird es denn überhaupt Frühling?

Jemals wieder Frühling? Ohne Splitt auf Gehwegen und Straßen?

Kann es für einen wie ihn noch einmal Frühling werden?

Und Glück –?

Was ist das nur – *Glück*?

Etwas anderes noch und mehr als Erinnerung?

Was kann es mehr sein?

Sehnsucht?

Ist Sehnsucht wirklich mehr als Erinnerung?

Erinnerung...

Vorausgesetzt natürlich, es gibt eine, eine *tatsächliche*, die auf ein Tatsächliches zurückgeht.

Doch ist eine Erinnerung an ein vergangenes Glück überhaupt möglich, wenn ein so neues und starkes jetzt da zu sein scheint... und was wäre vorzuziehen: eine Erinnerung oder ein möglicherweise nur Scheinbares?

Erinnerung... Scheinbares – wäre nicht beides tausendmal besser als ein jedes unwiderrufliches Nichts? Glück...

*

Glück –?

Ist in und über allem nicht nur das Knirschen von Splitt, sondern ein Knirschen wie von krampfhaft gepreßten Zähnen auch, so fallsüchtig krampfhaft gepreßten Zähnen, als sollten sich nie mehr Lippen zu einem Lächeln und freundlichen oder auch bösen Worten öffnen, aber doch öffnen?

Alles –

Was?

Alles –

Ja, was? Was alles –?

*

Das, was ihn hindert, nicht gleich das zu tun, was er angesichts der Vorstellung von so krampfhaft aufein-

ander gepreßten Zähnen und Lippen tun müßte, sofort tun müßte...

Aber nein, da vor ihm lächeln doch Lippen, lächeln Augen, ein ganzes Gesicht. Sie lächeln und *sind* das Glück, das wirkliche Glück – das ist und ist und *ist*.

*

Und jetzt sind Deine Eltern da. Seit zwei Stunden bereits.

Und ich?

Ich hab Dich lieb. Und hoffe, daß Deine Eltern Dich lieben.

Was rede ich! Natürlich lieben sie Dich.

Dich liebes Mädchen.

*

„Willst du immer ehrlich gegen mich sein?"

„Ja", sagt sie.

Sie sieht ihn wieder an. Nicht lächelnd diesmal, fragend, ein wenig ängstlich sogar.

„Und du?"

„Ja", sagt er.

Dann lächelt sie.

„Ich hab neulich geflunkert."

„Ja?"

„Verzeihst du mir?"

„Ja."

„Ich hab geflunkert, als ich gesagt habe, ich habe dich nicht bemerkt, als du das erste Mal in den Raum gekommen bist."

„Und?"

„Ich hab mich nicht getraut."

„Was?"

„Aber wir wollen ehrlich sein, ja?"

„Was hast du Dich nicht getraut?"

„Dir zu sagen, daß ich dich sofort gesehen habe."

„Das kannst du doch sagen."

„Nein, *wie* ich dich gesehen habe."

„So wie ich dich?"

Du nickst.

„Ich hab mich gefragt, warum sieht der mich so an? Warum hört er nicht auf mich anzusehen? – Und hab dich doch auch angesehen… die ganze Zeit… und plötzlich hab ich mich geschämt."

„Warum?"

„Weißt du nicht, warum?"

Doch, er weiß es.

Er hat sich nicht geschämt, aber er weiß es. Von früher her. Und auch weil er vermutet, daß Du noch nicht geliebt hast.

„Hast du schon einmal geliebt, richtig geliebt?"

„Ich liebe meine Kinder."

„Ich meine einen Mann."

„Nein – ja… früher mal."

„Wann?"

„In der Schule."

„Eine Schülerliebe?"

„Ja."

„Wie alt warst du?"

„Vierzehn."

„Und der Junge."

„Auch vierzehn… einer aus meiner Klasse."

„Ein Türkenjunge oder ein Deutscher?"

„Ein Türkenjunge."

„Und?"

„Was und?"

„Hat er dich auch geliebt?"

„Ich glaube – ich weiß es nicht."

„Warum nicht?"

„Wir waren zu schüchtern. Wir haben nicht gesprochen, aber ich habe ihn geliebt. Ich mußte ständig an ihn denken… und hab mich auf die Schule gefreut, weil ich ihn da sehen konnte."

„Sonst nicht?"

„Nein. Bei uns ist das nicht wie bei Deutschen. Jungen und Mädchen in dem Alter zusammen… das geht nicht."

„Und dann?"

„Irgendwann hörte die Schule auf und ich hab ihn nicht mehr gesehen... nie mehr."

„Und hattest dann Liebeskummer."

„Ja."

„Hättest du ihn geheiratet?"

„An Heiraten habe ich damals nicht gedacht. Ich weiß auch nicht, ob er mich gewollt hätte, aber ich habe ihn geliebt, ich war..." Sie schüttelt den Kopf. „Ich war... ach, frag mich so was nicht."

*

Ja, Sibel, Du hast recht, Liebe kann man als Scham empfinden. Als etwas, das einem plötzlich sagt, wer oder was man *ist* und wer oder was *nicht*.

Man kann sie als eine solche Entblößung empfinden, daß man davon einen Mordsschrecken – nein, keinen Schrecken, eine tiefe Demut für alles Leben kriegt und eine Ahnung auch, daß es bei dieser Art Entblößung um nichts Äußerliches geht, sondern im Gegenteil um – Erinnerlichung.

Ja, und die macht Scham. Ebenso Ergebenheit und Aufopferung. Und sie läßt Dich ein Dir bis dahin verborgenes Ich finden. Ein Dunkel- und Ängstigen-Ich, nicht das Gewohnheits-und-sich-etwas-Vormachen-Ich.

Zweifel sind dann natürlich da. Selbstverständlich auch Freude, hochgemuter Stolz und nicht aufhörendes Fragen.

Und warum diese vielen Worte?

Liebe eben.

Und du Neunmalkluger – was hältst du dich überhaupt damit auf, daß Sibel sich geschämt und damit erkannt hat, daß es um Liebe geht?

Erkennen ist Scham, ist in jedem Fall Scham.

Allererstes Liebeserkennen ist die Scham schlechthin.

Natürlich nicht in einem geschlechtlichen Sinn – was soll solch Verklemmtheit und Blödsinn! Bei einer verheirateten Frau allzumal!

Nein, Scham darüber, was uns Menschen an Möglichkeiten gegeben ist, über unser erbärmliches Menschsein hinauszukommen. Ein Mögliches immerhin – das wir in aller Regel nicht in uns wirken lassen. Diesen Liebeszauber doch, der uns zu Zauberwesen macht... geflügelt wie der Gott Amor selbst. Geflügelt und in lichten Höhen schwebend wie schwerelose Regentropfen zwischen Himmel und Erde, die nicht zu Boden fallen.

Höhen –?

Scham!

*

Und ist das wirklich Deine Scham, Sibel?

Nein, Du hast nicht diese Schuld-Scham. Diese besondere, von der nur wirklich Liebende wissen und die darum von den wenigsten tatsächlich auch empfunden wird.

Du hast die Unschulds-Scham.

Diese Kind-Scham, die erröten macht, einfach nur weil man ist – *Mensch* ist.

In welchem Augenblick kann einem die bewußter werden als dann, wenn man erkennt, daß man liebt oder möglicherweise lieben könnte?

Bist Du errötet, als Du Dich erkannt hast, Sibel?

Deine Liebe und *Dich*?

Ich weiß es nicht. Ich kann mich nicht besinnen. Ich war von Dir so gefangen, von Dir als Ganzes… an Einzelheiten erinnere ich mich nicht.

Und wenn Du errötet wärst, hätte ich es bei Deiner dunklen Haut überhaupt wahrnehmen können? Auch das weiß ich nicht. Ich habe keine Ahnung, wie es aussieht, wenn ein Türkenmädchen mit ziemlich dunkler Haut errötet.

Aber was rede ich von erkennen – und all das andere Geschwätz noch dazu! Liebst Du mich denn?

*

Und *ich*?

Liebe ich Dich?

Wenn ja, mit welcher Art Liebe?

Sagt man nicht, allein Nächstenliebe ist echte Liebe? –
Echt, weil ganz und gar uneigennützig.

Nächstenliebe, nein.

Oder liebe ich Dich, weil Du – krank bist?

Auf dem Umweg einer Fallsucht – Liebe? Die sym-
pathetische Verbindung zweier Malader, geknüpft
durch das mystische Wunder ihrer Malaisen?

Ja, eine fallsüchtige Liebe sozusagen.

Von einem, der selbst kein Epileptiker ist. Der aber
schon seit langem irgendetwas hat, von dem niemand
weiß, was es ist, und der aus diesem Grunde jetzt zusammen mit Dir in einer Klinik ist, in der man erneut
nicht herausfinden wird, an was er leidet, des unge-
achtet aber immerhin versuchen wird, ihn auf ein be-
stimmtes Medikament so einzustellen, daß sein Leiden
sich nicht mehr so auffällig bemerkbar macht wie in
den vergangenen zwei, drei Wochen und vielleicht sogar wieder ganz unterdrückt wird, wie es in den Zeiten
davor überwiegend der Fall war.

Uneigennutz...

Was an seiner Liebe könnte eigennützig sein?

Sieht er da etwas oder will er vielleicht nichts sehen?

Nächstenliebe ist es nicht, ganz sicher nicht. Zu einer so ins Allgemeine gerichteten Liebe ist er nicht fähig. Seine Liebe braucht den einzelnen, den bestimmten, den *erwählten* Menschen.

Also doch irgendwo ein Eigennutz?

Und wenn? Was ist seine Liebe dann?

Demut oder – Demütigung?

Wahre Liebe oder – Zynismus?

Verwechselt er vielleicht etwas? Spielt er gar?

Nein, nein, er spielt nicht, gewiß nicht. Dafür machen ihm diese Gedanken zu viel Schrecken.

Andererseits sind es Gedanken, die in ihm sind. Sind, was sie sind.

Und er ist, was er ist.

Soviel Widersprüchlichkeit plötzlich.

Und beides ist... ist *er*.

Entscheidend wird sein, was stärker ist.

Nein, das ist entschieden.

Du hast es entschieden.

Auf den ersten Blick und über das erste noch etwas andauernde Verwundern hinaus hast Du seine Liebe erkannt und damit alles entschieden.

Er ist sich sicher, Du hast sie erkannt.

Darum zunächst eine Verwirrung. Dann Deine Scham und dann – mehr Offenbarung als Verbergen – daran erinnert er sich... Dein gesenkter Blick.

Und gesenkt oder nicht – Augen, die ihm immer da sind! Vom wirklich allerersten Augenblick an... und stets zu ihm sprechen, im Wachen und Schlafen, und was sie auch sagen mögen, *er* sagt zu ihnen: ich liebe Dich.

Und fragt: „Willst Du immer ehrlich gegen mich sein? Ehrlich wie Deine Augen?"

Sie sagt: „Ja."

Ihre Augen ebenfalls.

*

Die Welt hinter Glas – oder ich.

Je nachdem, ob man hinaus- oder hineinsieht.

Ach, die Welt... und ach, ich!

Die Welt.

Was man halt von ihr durch eine Fläche von zweieinhalb mal gut eineinhalb Meter auf einem Bett mit hochgestellter Rückenlehne sitzend durch feste, durchsichtige Materie hindurch, zweifach hintereinander gefügt, mit einem Vakuum dazwischen so wahrnimmt – nicht viel auf jeden Fall.

Grauer Himmel, windbewegte Bäume und Äste, eingefaßt in Fensterrahmenteile, länglich, rechteckig, quadratisch, Kunststoff, zinnoberrot, aluminium-farbene Scharniere und Beschläge, abgebaute Fenster-griffe bis auf den Gestängemechanismus für ein um vielleicht zehn Grad in der Horizontalen schwenk-bares Kippoberlicht.

Die Welt draußen.

Mit allem, was an Barrieren, sichtbaren, unsichtbaren, durchsichtigen und fest undurchdringlichen, tatsächli-chen und scheinbaren dazu gehört.

Die Welt, ihre Barrieren – und eine Liebe.

Von welcher Qualität?

Sichtbar, unsichtbar?

Sich bekennend und offen in Erscheinung tretend? Versteckt?

Liebe in Taten oder als in sich eingeschlossenes, sich selbst genügendes Gefühl?

Durchsichtig wie Lauterkeit, spiegelnd wie Ichsucht?

Tatsächlich, wie der Tod nur tatsächlich ist?

Scheinbar wie ein Mythos?

Wie – Zwänge?

Welche Fragen…

Was ist das alles nur – Welt und Glas, Flächen und Maße? Was ist ein Wind? Was sind Äste und Bäume? Ein Himmel gar, etwas so Großartiges doch? Was ist er?

Und dann: Kunststoff, Aluminium, Mechanismus.

Gibt es ein Hirn, das sich unter solchen Abstrakta etwas vorstellen kann?

Hirne genug, gewiß.

Auch ein Herz?

Ein Herz sieht Augen, denkt Augen, fühlt Augen – *Deine* Augen doch, wessen sonst. Und wessen Herz ist, das so sieht und denkt und fühlt?

Und doch.

Ist nicht *alles* hinter Glas? *Wie* hinter Glas?

Sogar Deine Augen?

Mein Sehen, Denken, Fühlen, Sehnen?

Nein, mein Sehnen ist nicht hinter Glas.

Doch was ist, das mir nicht erlaubt, in Deine Augen hineinzutauchen wie in ein Wasser, kühn mit einem Kopf-, nein, Herzsprung hineinzuspringen, ganz ohne Wellenschlag – ja, so tief Deine Augenseen… und darin zu sein, selbst ganz Tiefe zu sein, ununterscheidbar zu sein, daß wirklich alles eins ist: Augen, Sehen, Denken, Fühlen, Sehnen, Du, ich, Du *und* ich.

Ach, Mythen.

Zwänge.

Realitäten. Die Glasrealitäten.

Glas. Glas. Glas.

So hartes, scheinbar Nähe erlaubendes, in Wirklichkeit trennendes, spiegelndes, auch splitterndes, schneidendes, blutig schneidendes und reißendes Glas vor so grauen, blauen, mitunter sonnigen Himmeln und bewegten Lüften.

Nun doch Frühlingslüften?

Was für ein jesuitisches Fragen!

Kläre zunächst, auf welcher Seite des spiegelnden Glases du bist und auf welcher die Sonne. Du hier und die Sonne dort, das ist ein Unterschied… und Frühling oder nicht ebenfalls, natürlich… und Augen vor oder hinter Glas ein noch viel größerer.

Sibel –

Macht Dich mir etwas fremd?

Du lächelst wie immer.

Doch wenn ich sage, es macht mich unendlich traurig, wenn ich Dich nur eine Minute nicht sehe oder höre, scheint mir, lächelst Du auf eine Art, als könntest Du Dir nicht vorstellen, wegen einer solchen ‚Nichtigkeit' auf den Tod traurig zu sein.

Nein?

Oder denkst Du vielleicht, fürchtest es möglicherweise, ich spiele mit Dir? Willst vorsichtshalber noch in Deckung bleiben? Nicht gleich zu viel von Dir hergeben?

Und die Ehrlichkeit?

O, es ist eine Mühsal mit der Ehrlichkeit. An gutem Willen muß es nicht einmal fehlen, auch an der inneren Überzeugung nicht – leider zu häufig mangelt es an Vorstellungskraft.

Ehrlichkeit ist eine Tugend, wer wollte das bestreiten. Andererseits kann sie unbequem und verletzend und sogar tödlich sein. Die Vorstellungskraft von tödlicher Ehrlichkeit haben nicht viele, nein, und noch weniger die Bereitschaft dazu.

Hast Du sie, Sibel?

Kann eine Frau sie überhaupt haben?

Zunächst nur eine solche Vorstellung, versteh mich richtig.

Für jemand anderen tödlich, natürlich, das könnte noch angehen… ebenso auch für Dich selbst?

Ja, eine Ehrlichkeit, die Dein Tod ist.

Ich habe sie.

Behaupte ich.

Doch mehr als eine Behauptung ist das vorläufig selbstverständlich nicht.

Realität und anschließend ein Mythos kann es geworden sein, wenn es, natürlich durch Glas hindurch betrachtet, den Anschein erweckt, eines Tages habe mich Ehrlichkeit tatsächlich das Leben gekostet.

Ehrlichkeit ausschließlich gegen mich selbst und völlig ohne äußere und innere Zwänge – was wäre die ganze Komödie sonst wert? Das versteht sich, nicht wahr?

Oder ist das Koketterie, was ich hier mit mir treibe?

Mein Zweifeln an Dir mehr ein Wankelmut in mir selbst?

Ich hoffe nicht – oder doch?

Was es auch sei, mein Geständnis, daß ich unendlich traurig bin, wenn ich Dich nur für eine Minute nicht sehe oder höre, ist ganz und gar ehrlich. So ehrlich, wie meine Gewißheit fest ist, daß ich eines Tages – ich weiß nicht, wann – an genau dieser Traurigkeit zu Grunde gehen werde.

Ob dann meine Traurigkeit die Ursache oder Wirkung einer Ehrlichkeit sein wird, weiß ich allerdings nicht, und eigentlich interessiert es mich auch nicht. Nur das Ergebnis zählt. Und mit wieviel oder weniger Glauben Du mein Geständnis aufnimmst, darauf habe ich keinen Einfluß und bin ganz Deiner Gnade und Deinen Vorstellungskräften ausgeliefert.

Sollte ich Dich in irgendetwas überfordern, verzeih mir bitte und sieh es meinem Glück und ebenso einer Bitterkeit, die von früher her, von weit früher her auf dem Grunde dieses Glücks und meines ganzen Lebens liegt, nach.

Ja, verzeih mir, Liebste.

Wegen der Maßlosigkeit in mir. Du wirst ihr nicht gewachsen sein.

Ich natürlich ebenso wenig.

*

Sie kann nicht ohne BH schlafen.

Sie sagt: „Ich fühle mich nackt, wenn ich oben rum im Bett nichts anhabe. So…ja, ich muß spüren, daß da etwas ist, das zusammenhält. Und außerdem friere ich. Heute nacht habe ich gefroren. Ich bin dann aufgestanden und habe mir von der Nachtschwester eine zweite Decke geben lassen. Und noch ein Kissen. Das nehme ich in die Arme und drücke es an mich und dann friere ich nicht mehr. Und im Schlaf habe ich gesprochen, auf Deutsch sogar."

„Woher weißt du das?"

„Die Frau im Zimmer hat mich reden hören, aber was ich gesagt habe, hat sie nicht verstanden. Obwohl es Deutsch war."

„Und was ist mit deinem Mann?"

„Was ist mit ihm?"

„Ist dir auch kalt, wenn er bei dir im Bett ist?"

„Ja."

„Wie kann dir kalt sein, wenn er bei dir im Bett liegt?"

„Ich weiß nicht."

„Wärmt ihr euch nicht gegenseitig?"

„Wärmen –?"

„Ja."

„Ich muß ein Kissen und eine zweite Decke haben und meinen BH tragen."

Ich sehe sie an, längere Zeit und frage: „Weißt du, wer Don Giovanni ist?"

*

Man kann eine Liebe haben, ja, wie schön! Ich will das nicht einmal abstreiten – kann man sie auch leben?

Es gibt keine Frau, mit der man eine Liebe leben kann.

Mir genügt nicht einmal das Feuer der Sonne, mich daran zu wärmen.

Und du sprichst von zweiter Decke, Kissen und BH, wenn du von Wärme redest.

Feuer – weißt du nicht, was Feuer ist?

Ich will dich vergessen!

Ich werde dich vergessen.

Du schöner Schein, du Abziehbildchen.

Wo ist die, die du bist... die du sein solltest? – Das Sonnenkind, unter südlichen Himmeln gezeugt, von flirrender Wärme durchflutet.
Du fröstelnde, frierende Frau.
Ihr *fröstelnden, frierenden Frauen!*
Vermag euch etwas zu wärmen außer der Ichsucht, die ihr in euren Kindern hegt und pflegt? Oder mehr noch in dem Mythos eures Geschlechts, seiner Gewalt sogar über den Tod.
Sibel, du Heilige, du epileptische Heilige!
Mit den Mysterien des Scheu und Ehrfurcht gebietenden, des Unbegreiflichen gesalbt – und doch so gewöhnlich.

*.

„Seit wann hast du Epilepsie?"
„Seit ich verheiratet bin."
„Und davor?"
„Nichts."
„Gar nichts?"
„Überhaupt nichts."
„Seit wann bist du verheiratet?"
„Warte mal – meine Tochter ist neun… seit zehn Jahren."

*

Und bist also ein Opfer – das Opfer eines Mannes und seiner Gewalt und anschließend das Opfer einer Krankheit und wirst darüber hinaus, wenn ich dich nicht vergessen kann, mein *Opfer werden, mein Feu-er-, nein, mein Maßlosigkeits-, mein Don Juan-Opfer.*
Oder soll Don Juan sich dir opfern?
Ha, hat er sich je einer Frau geopfert? Und wäre noch Don Juan?
In Demut einer Decke, einem Kissen, einem ‚wärmen-den' BH ausliefern und an einer Kälte zugrunde ge-hen, die alle Weltraumkälte durch die Trivialität jeder einzelnen dieser Gewöhnlichkeiten übertrifft und in der riesigen Summe von Trivialität, die einen gewöhn-lichen Menschen macht, jedes noch warm schlagende Herz bei der leisesten Ahnung solcher Kälte zu Kris-tallen gefrieren und in Millionen Teilchen zerspringen läßt – die als knirschender Wintersplitt auf Eisstraßen und -gehwegen dann herunter prasseln.

*

Und kaufen – ja, du kaufst so gerne.
Alle Schränke sind voll, sagst du, doch du kaufst wei-ter. Und um Platz für das von heute zu haben, kommt das von gestern in Kleidersäcke.
Dann weg damit.
KiK-Ramsch.

Tatsächlich – in all der Gewöhnlichkeit um sie herum
wirkt sie gewöhnlich wie der Plunder, den sie kauft.

Ja, sie sind bei KiK.

Eine Bluse, grau meliert, eher weit im Schnitt.

„Ist nicht das, was ich so trage."

Ihm gefällt die Bluse. Er redet ihr zu.

Sie probiert an, freut sich am Spiegelbild und kauft.

Dann einen Pulli, pinkfarben.

Danach einen Slip und BH, schwarz.

Er streckt den Arm aus. „Gibst du mir?"

„Was?"

„Den BH."

„Warum?"

„Ich möchte wissen, welche Körbchengröße du hast."

Sie bleibt ernst und sagt: „Nein."

Und hätte doch ein nettes Spielchen zwischen ihnen
werden können. Erotisches Geplänkel, sich zieren und
dann doch nachgeben, verstecktes Lächeln, Andeutun-
gen.

Ist sie nicht in der Stimmung zu so etwas oder läßt sie
sich nicht darauf ein, weil es zu häufig vorkommt und
sie langweilt – sie ist schließlich eine schöne Frau.

Er ist auch nicht wirklich interessiert, ihre Körbchen-
größe zu wissen. Recht schwach der Impuls, dem er
nachgegeben hat. Mehr der Situation geschuldet. Ja,

eine Schlafzimmersituation fast, dieses intime Kaufen intimster Körperwäsche mit einer doch eigentlich fremden und zugleich attraktiven Frau. Da kommen alte Gewohnheiten hoch. Etwas wie Pflichtschuldigkeit gegen sich selbst und männliches Selbstverständnis vor allem.

Wozu das?

Aber gut, sie bleibt ernst.

Und er hat kein wirkliches Interesse – ein vorgespieltes nur.

Ja, er macht etwas vor.

Wem?

Ihr? – Sich?

Nein, sich nicht.

*

In der KiK-Welt ist kein Raum für Intimität, natürlich nicht. Ein Gefühl, wenn denn überhaupt eins ist, möchte darin vielleicht weiterleben, doch soviel Ramsch hält es nicht stand.

Und Nächstenliebe bei Kik?

Wie mit der großen Gießkanne in eine ungestaltete, gesichtslose Anonymität verteilt?

Schlimmer noch: hinter dieser Anonymität *sind* Gesichter, Menschengesichter… nur was für welche?

KiK-Gesichter, natürlich… darum die Gesichtslosigkeit. So viele, zu viele KiK-Gesichter, alle gleichermaßen von öder Langeweile oder billigem Besitzinstinkt entstellt, daß man ein einzelnes nicht mehr wahrnimmt.

Nächstenliebe, gar Liebe –?

Ohne ein Gesicht, ohne Augen?

Und selbst Augen!

Was sind sie gegen KiK, gegen einen Ramschkaufladen, der offenbar eine solche Macht über Seelen hat, daß Augen plötzlich ihren Ausdruck verändern.

Von einer tiefen Unergründlichkeit zu einem begehrlichen Starren.

*

Und was sind Frauen?

Ramsch –?

Kopf-, Herz- und Seelenramsch?

Ramsch, daß sie sich von solchem Ramsch so leicht verzücken lassen und an den Verzückungen der Liebe vorbeileben?

Aus Desinteresse, aus Gefühl- oder Mutlosigkeit?

Ramsch.

Bestimmt Ramsch sich allein über den Preis? Findet er sich nur bei KiK und Takko und nicht ebenso in

feinsten Nobelboutiquen in allerlei Arten von sündhaft
teurem und unnützem Firlefanz?
Ach, Frauen.
Durchschnittlichkeit, laueste Lauheit.

*

Der Mittelpunkt meines Lebens?

Und ob ja oder nein, nimm ihn mir weg, und es ist
nichts, gar nichts.

Keine Mitte, kein Punkt – und ich selbst erst recht
nicht.

Ja, auf unseren Frieden hoffen… durch Liebe.

Hoffen –!

Hoffen und glauben.

*

Und um tatsächlich dann Friede... nein, dumpfe Er-
träglichkeit zu finden in Durchschnittlichkeit und Ge-
wöhnung.
Durch Abstumpfung!

*

Zur Kuppe hoch und hell, ein Schnittmuster-Bogen-
himmel mit kreuz und quer und in verschiedenste
Richtungen verlaufenden, frisch schmalen, oder breit
ausfransenden Kondensstreifen. Die Sonne noch in einem Dunstfeld unmittelbar über dem Kamm gefangen.

Im oberen Rand mit augenblendender Strahlkraft schon –
Welch ein Morgen!
Und was dann später erst!
In zwanzig Minuten etwa.
Die Sonne meiner Liebsten!
Mit der Morgenwärme braun dunkler Augen auf mir!
Mit diesem ständigen Fragen – und vielleicht sogar Wissen.
O ja, Wissen… viel Wissen.
Vielleicht noch nicht das, das ich mir erwünsche. Dafür soviel anderes Wissen – ein Nil-und-Euphrat-und-Tigris-Wissen. Das Wissen einer noch jungen Menschheit, das eigentlich kein richtiges Wissen ist und darum das wahrste.
Ein solcher Wissens-Blick auf mir. Viele Blicke und so viele Fragen darin… Fragen und auch Zärtlichkeit.
Für mich allein und persönlich?
Ich weiß es nicht. Oder besser – ich bin mir nicht sicher.
Und ist Zärtlichkeit aus sich, ganz allein aus sich heraus nicht noch etwas anderes, etwas ganz anderes?
Geht es denn nie ohne Ich-Bezüge?
Etwas ist!
Ist!

Was braucht es darüber hinaus noch?

Etwa mich?

Wie lächerlich. Wie anmaßend. Wie erbärmlich menschlich.

Diese Augen sind. Sie sind alles.

Mehr braucht es nicht.

*

„Ich kann dir keine Hoffnung machen."

„Worauf?"

„Wann wir uns wiedersehen. Ob wir uns wiedersehen. Ich fühle mich jetzt schon so… so… wie schmutzig. Als ob ich etwas tue, das nicht richtig ist. Die gucken auch schon alle, weil wir immer zusammen sind. Die reden bestimmt über uns."

„Du tust etwas, was nicht richtig ist?"

„Ach, ich weiß nicht."

„Sibel, was haben wir getan, das jemand verletzen könnte?"

„Wir tun nichts Unrechtes, oder?"

„Nein."

„Wir unterhalten uns nur. Oder muß ich mir Vorwürfe machen?"

„Wir unterhalten uns nur. Siehst du, wenn zwei Lahme sich stützen und helfen, können sie das besser als zwei Gesunde und Starke."

„Meinst du uns?"

„Ja."

„Warum können sie es besser?"

„Weil sie mehr Verständnis füreinander haben."

„Ach so, du meinst, wir sind zwei Lahme."

„Nicht?"

„Ein schönes Kompliment."

„Wären wir sonst hier?"

Sie lächelt. „Ich weiß doch. Und du meinst, das ist in Ordnung, was wir tun?"

„Ja."

*

Für ein Türkenmädchen mit seiner besonderen Ehr- und Schicklichkeitsvorstellung vielleicht nicht.

Aber Du mußt Dich nicht grämen, Dir keine Vorwürfe machen. Ich verlange ja nichts, das Deine Ehre oder die Deines Mannes verletzt. Ich kann Dir nicht sagen, warum… es ist einfach so.

Für mich schon und das zählt.

*

Liebe –

Projektionen… auf leere Flächen.

Schatten oder sogar bunte Bilder über Flächen hinweg. Nicht einmal aufgemalt, nur projiziert, hingeworfen, tatsächlich nicht da, leer!

Ja, Fläche – ärmlichste Zweidimensionalität.

Der nicht spiegelnden, Räume vortäuschenden Reflektion halber spärlichst angerauht.

Ist das Tiefe?

Liebe –

Seifenblasen, nicht einmal ein Spiel, nicht einmal Illusionen. Täuschung, grausame Täuschung, die obendrein nicht mit einem Knall – wenn's nur so wäre –, sondern lautlos zerplatzt.

Lautlosigkeit in Leere.

Wie stumm und taub zugleich.

Grottenmolche. Hormongesteuerte Paarungslust.

Lust?

Lust-Unlust. In Höhlendunkelheit.

Mehr Last als Lust. Gehabelast. Die Last der Ichsal.

Haut und Poren, Millionen Poren, die transpirieren.

Nur was?

Ich, ich, nichts als ich.

Unablässig abgesondertes Ich.

Und lassen sie etwas hinein?

Ein winziges Du nur, eine zarteste Regung, die Ahnung auch nur eines Gefühls?

Welch organistische Struktur!

Darauf beschränkt, Körperflüssigkeit abzusondern, verdunsten zu lassen, in lächerlichen Ekstasen zu vermischen, in ödem Ekel abgeduscht zu werden.

Diese Haut, diese schamlos porige und dennoch so glatte Haut.

Projektionsfläche, Bilder, Schein, kein Sein. Glatt, glatt, glatt. Nichts haftet.

Die Welt, die ganze Welt für eine Haut wie die von Geckofüßen!

Haften, anhaften, über Kopf laufen können!

Haut mit Widerhäkchen, Klettverschlußhaut, aneinandergedrückt und haftend, unlösbar verbunden, ja, Widerhakenhaut, spitz einander durchbohrend bis tief ins Fleisch, Schmerz und Beseligung und Glück zugleich, Schmerz und Beseligung und Tranceglück von Flagellanten, aus unzähligen, kleinen Wunden blutend – ja, Blut... blutendes Glück.

Blut!

Welch eine Körperflüssigkeit! Keine, die verdunstet, keine, die abgeduscht wird. Von frischen Wunden nicht.

Blut ist Tod, ist Anti-Ich. Blut ist Erlösung.

Und Verdammnis – ja, dies pochende, pulsende, unruhige Blut.

Blut, du Zwang des Lebens, du Tribut des Seins, du Schwellkörper füllende Erniedrigung. Du Dämon der Macht und Gewalt.

Gewährst du je Frieden?

Und will ich denn Frieden? Den Frieden der Liebe gar?

Ha, Frieden und Liebe.

Gewalt und Liebe, ja!

Die wundenreißende Liebe, die Blut sich mischen läßt, ja! In einem unaufhörlich pulsenden Quell.

Doch sechs Liter –!

Was sind sechs Liter Flüssigkeit... und was ist Unaufhörlichkeit!

In der unmittelbaren Gegenüberstellung der Begriffe ein Witz, was sonst. Ein abgeschmackter, traurig machender Witz voll böser Ironie und einer noch böseren Wahrheit.

Sechs Liter.

Sechs Liter – Liebe?

Ist Liebe ein Raummaß? Vielleicht doch ein Raummaß?

Und damit schon entscheidend mehr als nur dieses jämmerliche Projektionsflächenmaß?

Wie schön, wie schön.

Fast etwas wie eine Hoffnung könnte die Vorstellung sein, daß es so ist.

Mit der zwangsläufigen Frage allerdings verbunden, einer Frage ausschließlich sarkastischen Charakters, so will es scheinen, mit der Frage also: was ist's mit der Unverhältnismäßigkeit?

Dieser Unverhältnismäßigkeit eines bescheidenen Raummaßes von sechs Litern und der Unvorstellbarkeit einer Unaufhörlichkeit?

Oder präziser: wie lassen sich sechs Liter Raummaß – die Frage ausnahms- und notwendigerweise nicht allein auf den technischen Aspekt reduziert – wie lassen sich sechs Liter auf ein Volumen vergrößern, das sich mit der Vorstellung einer Unaufhörlichkeit verträgt?

Und ist es überhaupt sinnvoll – von statthaft gar nicht zu reden –, ist es überhaupt sinnvoll, eine solche Frage ohne Zuhilfenahme technischer Vorstellungen und Begrifflichkeiten erörtern zu wollen?

Fragen, Fragen... so dumme Fragen obendrein.

Man sollte bei Tatsachen bleiben.

Die alles entscheidende Tatsache in diesem Fall ist die Quantität, besser Minimalität des Raummaßes sechs Liter und die allzu beschränkte Ressource, die sich in ihm zeigt.

Unaufhörlichkeit...

Das korrespondiert mit Maßlosigkeit, möchte man meinen. Die wiederum nicht *mit welcher Art Maß auch immer korrespondiert und mit einem Maß als solchem ebenfalls nicht und mit der doch immerhin denkbaren Qualität einer Liebe, gegen die selbst Unaufhörlichkeit etwas Winziges darstellt, am wenigsten.*

So dumm und hergeholt sich all dies Geschwätz auch anhören mag, so könnte es doch Ausdruck einer tiefsten Verzweiflung sein, die das Bild einer Minderbemittheit und Unfähigkeit malt, an der alles Leben – oder Lieben? – nichts anderes als zerschellen kann.

Und das Lieben zerschellt ja tatsächlich, das Leben hingegen nicht.

Natürlich ist das nur die halbe Wahrheit.

Beides *zerschellt.*

Das Lieben und das Leben.

Doch das Leben tut, als wenn nichts wäre, und lebt sich einfach fort. Existiert in einem tatsächlichen und wirklichen Gestorbensein einfach weiter.

Was anderes als Gestorbensein kann ein Leben noch sein, in dem das Lieben zerschellt ist? Und muß nicht umgekehrt jedes Lieben in einem solchen toten Leben ersticken?

Das ist die Tragödie. Eins bedingt das andere. Ein Teufelskreis ohne Entrinnen.

Ha, Tragödie.
Wessen –?
Von wessen Tragödie darf man mit Fug und Recht sich
zu sprechen erlauben, um es wirklich Tragödie nennen
zu dürfen?

*

Hänschen klein, ging allein in die weite Welt hinein…
Hänschen also – warum nicht?
Hänschens Tragödie.
Oder Giovannis.
Juans!
Hänschen = Hans = Johannes = Giovanni = Juan.
Spielen Namen eine Rolle?
‚Allein' und ‚Welt' ist hier das Begriffspaar, das zu-
sammengehört und Bedeutung hat.
Das wiederum macht ebenfalls eine Tragödie – eine
zugegeben kleinere allerdings.
Was rede ich –!

*

‚Allein' und ‚Welt' –
Das ist die *Tragödie schlechthin, aus der sich alle*
weiteren Tragödien ergeben. Die Tragödie des Be-
dürfnisses nach Liebe zum Beispiel. Inklusive der des
Scheiterns der Liebe natürlich. Als Unteruntertragö-
die sozusagen… Dritte-Klasse-Qualität.

Warum also soviel Redens darum?

Und ob klein oder groß, was bedeuten solche Qualifizierungen angesichts von Begriffen wie Maßlosigkeit und Unaufhörlichkeit?

Nicht einmal Relativierungen.

Eher Gleichsetzungen.

Die Gleichsetzung von Maßlosigkeit und Unaufhörlichkeit und Tragödie zum Beispiel.

Ist es nicht so?

Und ich mit meinen kleinen Maßlosigkeiten will gegen diese universale Gleichsetzung aufbegehren? Sie gar außer Kraft setzen? Mit einem Lieben?

Als eine Art Revisionist der Evolution, die ein Wesen wie den Menschen hervorgebracht hat, dessen Genmaterial zu fünfundneunzig oder mehr Prozent mit dem der Maus übereinstimmt und zu den verbleibenden paar Prozent so entscheidend nicht?

Als – Relativierer?

Ja, Relativierungen.

Diese den Menschen so lieb und unverzichtbar wertvoll gewordenen Relativierungen, ohne die einem jeden sogleich auffallen würde, daß Hänschens Tragödie, von der er – eben der Relativierungen wegen – nicht einmal weiß, die seine ebenfalls ist... und von

der er mit Sicherheit – und mit Konsequenzen für sein
Leben wiederum – dann sogar wüßte.
Ja, Hänschen.
Hänschen und Juanito… Juanitohänschen.

*

Aber ich heiße nicht Hänschen, ich heiße Friedrich.
Friedrich H.
Friedrich = Fritz = Fritzchen.
Fritzchen und Juanito also.
Juanitofritzchen?
Oder Fritz und Juan – Fritzjuan.
Friedrich H. und Juan.
Nicht *Don* Juan –?
Warum *Don* Juan?
Das ist ein Name, ein ganz bestimmter Name.
Nein, ein *Mythos*.
Einer, der mir Verpflichtungen, Bindungen und Verstrickungen auferlegen würde, bei denen nun wirklich keinerlei Raum für Relativierungen bliebe. Zum Ausdruck gebracht in dem verbindenden ‚und': Friedrich H. *und* Don Juan. Eine Usurpation meines Ich, die ich bedingungslos akzeptieren müßte.
Will ich das?
Nein, dann bin ich da, wo ich nicht sein will, und bin der Mensch, der ich nicht sein will.

Doch da steht dieses ‚und'.

Wie mich gegen seine Vereinnahmung wehren?

Ja, wie?

Ich fürchte, allein werde ich es gegen diesen Kosmos von Versuchung, Gewalt und Besessenheit, gegen diesen Don-Juanismus nicht schaffen.

Ich brauche Verbündete, zumindest einen – einen starken, sehr starken.

Einen der stärksten überhaupt, der für mich und meine Sache ficht.

Für mich, Friedrich H.

Friedrich H. –!

H. wie – Hölderlin?

Ja, du, du Sehender… nein, du *Fühlender*, du *Gefühlvoller* bist mein Verbündeter!

Nicht allein Verbündeter – du bist mein *Ich*!

Don Juan nicht auch?

Dieses vermaledeite ‚und'!

Sollte ich nicht stattdessen ‚oder' sagen?

Friedrich H. *oder* Don Juan?

Das ließe mir Freiheit, soviel Freiheit – hm, Freiheit…

Ist das nicht ein Traum?

*

„Weißt du, wer Don Giovanni ist?"

„Das ist italienisch, nicht?"

„Ja."

„Ein Name… ein Mann…"

„Ja. Eigentlich heißt er Don Juan und ist Spanier. Mozart hat eine Oper über ihn komponiert, und weil die italienisch gesungen wird, heißt er da Don Giovanni."

„Don Juan, den kenne ich. Das ist ein…"

„Ein Frauenheld, sagt man."

Sie lacht. „Frauenheld –?"

„Einer, der viele Frauen hat, sehr viele."

„Wie viele?"

„Sein Diener führt Buch darüber, er hat genaue Zahlen, immer auf dem neuesten Stand."

„Und?"

„Einer Frau, die nicht weiß, wer Don Giovanni wirklich ist und die sich ihm aus Liebe hingegeben hat, und die glaubt, er liebe sie auch, liest er die Zahlen vor, damit sie endlich begreift, mit wem sie es zu tun hat. Er nimmt also sein Büchlein, blättert darin und singt: in Italien sechshundertvierzig…"

„Meine Güte!"

„…in Deutschland zweihunderteinunddreißig, in Frankreich so und soviel, in der Türkei einundneunzig…"

„In der Türkei auch?"

„Ja, in der Türkei war er auch."

„Einundneunzig?"

„Einundneunzig – und das ist nicht alles…" Ich singe: „Ma…a, ma in Spagna mille tre… mille tre!"

Sie lacht wieder. „Was heißt das?"

„Aber in Spanien tausenddrei!"

„Nein!"

„Doch. Tausenddrei. Und der Diener singt weiter, daß es seinem Herrn ganz egal ist, was für Frauen es sind, ob schön oder häßlich, jung oder alt, von Adel oder Magd… eine Frau halt, irgendeine Frau, verstehst du? Eine Frau… die das hat, was alle Frauen haben."

Sie schüttelt den Kopf. „Warum erzählst du mir das?"

„Manche sagen Juan zu mir."

„Juan? Warum?"

„Ich weiß nicht. Willst du auch Juan sagen?"

„Nein! Da könnte man ja denken, du… Bist du so einer, so ein Frauenheld?"

„Nein. Ich hatte noch keine Türkin. Und nicht so viele Spanierinnen."

„Ach, du!" Sie lacht. „Und sonst?"

„Was sonst?" Ich zucke die Schultern. „Und du?"

Sie schaut mich an. „Ich? Wie meinst du das?"

„Wie viele Männer…"

„Einen. Meinen Mann."

„Ja, natürlich."

„Ich weiß, bei euch ist das anders. Ob es besser ist, weiß ich nicht."

„Ich auch nicht."

Sie sieht mich wieder an. „Bist du so einer?"

„Nein."

„Hast du Kinder?"

„Ja."

„Wie viele?"

„Mehrere."

„Alle von einer Frau?"

„Nein."

„Ich glaube, du bist doch so einer… ein Frauenverführer."

„Nein, bin ich nicht. Frauen bedeuten mir sehr viel, aber ich bin kein Verführer. Sie sind... ich weiß nicht, wie ich es ausdrücken soll..."

„Was?"

„Durch sie komme ich zu mir. Durch die Gefühle, die sie in mir auslösen, so starke Gefühle. Das können nur Frauen bei mir. Wenn keine Gefühle da sind, beachte ich sie nicht weiter. Sie sind da, aber ich sehe sie nicht als Frauen, verstehst du? Nicht so wie Don Juan sie sieht. So…"

„Nein, Juan sage ich nicht zu dir."

„Wie dann? Fritz?"

„Fritz auch nicht. Bei Türken ist Fritz so etwas wie ein Schimpfname für Deutsche… wie wenn ihr zu den Russen Iwan sagt."

„Dann besser nicht."

„Friedrich! Du heißt Friedrich… so nenne ich dich. Das ist ein schöner Name. Ist da etwas von Frieden drin?"

„Ich glaube. Friedrich – der Friedenreiche."

„Ja, schön! Das hört sich doch schön an! Ich sage Friedrich."

*

Er sitzt auf dem Bett und schaut wieder auf seine Welt hier drinnen. Die mit den abgebauten Fenstergriffen und dann auf die Welt draußen hinter Glas.

Das Handy klingelt.

Klingelt nur zweimal und hört, ehe er es aus der Schublade des Nachttisches herausnehmen kann, wieder auf.

Er schiebt die Schublade zu. Gleich darauf klingelt es erneut – zwei Mal und hört auf.

Er nimmt das Telefon heraus und legt es auf den Nachttisch.

Es klingelt wieder – zwei Mal.

Er hält die Hand über das Telefon. Als es erneut klingelt, drückt er sofort die grüne Taste und meldet sich… niemand antwortet.

Was für ein seltsames Spiel.

Oder ist es kein Spiel?

Klingelt das Telefon wirklich?

Vielleicht bildet er es sich ein.

Er denkt darüber nach.

Die Vorstellung eines solchen trügerischen Wahns, scheinbar wirklich wie die unbezweifelbare Wirklichkeit des Telefons, würde ihn sonst erschrecken, in seinem derzeitigen Zustand hat sie nichts Erschreckendes. So etwas wie eine Halluzination, eine *bewußte* Halluzination doch immerhin, käme ihm seiner Verfassung angemessen, ja, durchaus dazu passend und sozusagen ‚normal' vor.

Er sitzt und denkt.

Nein, es klingelt wirklich.

Er hält das Telefon in der Hand, hört den Rufton und spürt dabei das leise Vibrieren des Apparates. Diesmal drückt er nicht auf die grüne Taste.

Das ist ein dummes Spiel. Er mag es nicht spielen.

Aber er fragt sich, wer es ist, der es mit ihm spielen will.

Er weiß, daß es bei diesen Telefonen die Möglichkeit gibt, bei einem verpaßten Anruf die Rufnummer des Anrufers und damit ihn selbst in Erfahrung zu bringen, doch wie diese Funktion aufgerufen wird, weiß er nicht... hat es nie gewußt und wäre zur Zeit vermutlich nicht in der Lage, es durch gezieltes Probieren herauszufinden... wenn er es denn wollte.

Er überlegt, ob er jemanden fragen soll.

Ja, er wird hinausgehen und notfalls ins Stationszimmer, wo eine der jungen Schwestern ihm helfen wird und es natürlich auch kann.

Er steht auf, geht zur Tür und öffnet sie.

Schräg gegenüber, an die Flurwand gelehnt, steht *sie*.

Steht und blickt auf die sich öffnende Tür und dann auf ihn. Blickt und hält, den Arm angewinkelt, leicht gegen den Leib gedrückt, in der linken Hand ihr Handy.

„Kannst du mir –?" will er fragen – und begreift.

Sie lächelt.

Ja, sie wollte, daß er herauskommt.

Sie möchte ihn sehen. Mit ihm reden. Sie möchte mit ihm zusammen sein.

„Warum klopfst du nicht einfach und kommst herein?"

„Du bist allein auf deinem Zimmer."

„Und?"

„Alle wissen das und ich…"

Ach, Du mein Türkenmädchen, mein liebstes, liebstes Mädchen.

Er geht zu ihr und stellt sich neben sie. Nein, ansehen kann er sie jetzt nicht. Nicht von vorne, kann ihr nicht in die Augen blicken, sonst würde er vielleicht weinen müssen. Stellt sich neben sie und sieht sie von der Seite an und fragt: „Gehen wir etwas an die frische Luft?"

Sie dreht den Kopf zu ihm, sieht ihn an, lacht und nickt und sagt: „O, ja!"

*

Du zwingst mir dein Geschlecht auf.

Hinter all deinem gezierten Getue sehe ich nichts als dein Geschlecht, das du mir aufzwingen willst.

Augen –!

Lächeln, lachen, ha –!

Dein Geschlecht!

Der Dämon deines Geschlechts.

Die Dämonie deiner Haare.

Das ist primitiv.

So primitiv wie das Leben primitiv ist.

Doch primitiv hin, primitiv her – ich werde dich haben.

Nein, ich will dich gar nicht haben.

Ich werde dich demütigen, dich strafen für die Gewalt,
die du mir tun willst – nicht du, dein Geschlecht.
Hinter allem steckt dein Geschlecht.
Es will in Besitz nehmen... in Besitz genommen wer-
den, damit es dem Leben genügt und Leben hervor-
bringt.
Ich will dem Primitiven nicht Genüge tun.
Im Gegensatz zu dir unterwerfe ich mich nicht. Nichts
und niemandem. Deinen Dämonen nicht und auch
nicht den Zwängen des Lebens.

*

Don Juan, warum tust du das? Warum sprichst du so?

Aus Menschenverachtung, Frauenverachtung, Rache gar?

Rache –?

Weil Frauen Männern Gewalt tun?

Gewalt –?

Weil sie ein Geschlecht haben, Brüste – weil sie so sind, wie sie sind?

Er weiß es nicht.

*

Du KiK-Mädchen.
KiK-Mädchen du und willst Macht über mich üben.
Doch eigentlich ist es mein Getriebensein, das mich
schwach macht und Versuchungen aussetzt, die dir er-

114

lauben zu denken, du hättest wirklich Macht über mich.

Ja, wenn diese Besessenheit nicht wäre, diese noch immer lodernde Besessenheit in mir.

Du mit deinen Dämonen!

Ist es bei dir etwa anders? Bist du ihnen nicht ebenfalls unterworfen?

Du meinst das mit mir nicht persönlich, ich weiß, ich nehme es auch nicht persönlich.

Aber du bist eine Frau.

Und ich bin ein Mann.

Damit unterliegen wir Gesetzen, den Gesetzen schlechthin.

Was das heißt?

Du bist mein Feind, ich deiner.

Und wenn nicht der Feind, dann die Antinomie.

Das ist schlimmer.

Warum hast du seit deiner Heirat Epilepsie?

Du weißt, daß es so ist.

Hast du je darüber nachgedacht, warum? Und dich dabei gefragt, wer dein Feind ist?

Ach, du naives, nicht wissendes, unschuldiges Dummerchen.

Du unschuldig Gewalt leidendes und tuendes Dummerchen.

Deine Macht – ja, du hast Macht über mich, ich gebe es zu. Sie verletzt meinen Stolz, meine Würde, meine Selbstachtung.

Ich bin ein Nichts gegen deine Macht.

Ha, die ideale Welt der reinen Liebe des Friedrich H., genannt Fritzchen, und die Welt der Wirklichkeit zweier Geschlechter und damit zweier Antinomien des Don Juan, genannt Juanito.

Diese archaisch grausame Welt des Schlachtfelds der Geschlechter.

*

Welcher Welt gehöre ich an?

Wer bin ich?

Wer bist Du, Sibel?

Du bist eine, die an den Zudringlichkeiten der Welt zerbricht.

So wie ich, Friedrich H. – H. wie Helm daran zerbreche.

Und wie Friedrich H. – H. wie Hölderlin ebenfalls zerbrochen ist.

*

Doch jetzt bin ich Don Juan.

Don Juan zerbricht nicht selbst, Don Juan macht zerbrechen.

Auch dich!

Und wie?

Ich will deinen Liebesbeweis.

Ich will, daß du dich mir mit deiner Liebe unterwirfst.

Wenn es geschehen ist, einmal nur geschehen, bist du fortan Null und Nichts für mich, die du im Augenblick noch das Kostbarste bist, das es gibt auf der Welt.

(Sagt Fritzchen)

Ja, ich bin Don Juan. Ich muß sein, wie ich bin.

Muß *dich mir zum Opfer machen.*

*

„Was würdest du sagen, wenn ich eines Tages plötzlich mit meinem Mann und den Kindern vor deinem Haus stünde?"

„Ich würde mich freuen."

„Wirklich?"

„Ja."

„Warum?"

„Ich freue mich immer, wenn ich dich sehe."

„Und mein Mann?"

„Vielleicht könnten dein Mann und ich sogar Freunde werden."

„Bestimmt nicht."

„Ich könnte deine Kinder lieben."

Sie sieht ihn an und lächelt.

„*Dich* liebe ich. Dann geht das vielleicht auch."

„Ja, vielleicht", sagt sie.

*

Aber – wer *liebt dich?*

F. oder J.?

Welch Getue! Hättest du die Frage wegen des Famili-
enbesuchs doch nicht gestellt!

Juanito kann dich nicht lieben.

Also Fritzchen!

Mit was für einer Liebe liebst du, Fritzchen?

Weißt du es nicht oder willst du es nicht sagen?

Dann sage ich es dir: du liebst Schönheit, weibliche
Schönheit. Du liebst Haare, Augen, Hände, eine Ge-
stalt – Haare, Augen, Hände, Gestalt einer Frau. Das
ist es, was du siehst.

Und das Sehen bestimmt deine Liebe.

Oder weißt du etwa, wer sie hinter dem, was du siehst,
zusätzlich noch und eigentlich ist? Weiß sie selbst es
etwa?

Du vermeinst etwas zu wissen, ja.

Doch wenn du ehrlich wärst, müßtest du dir eingeste-
hen, daß dein Sehen dir etwas vorgaukelt. Ein
Wunschbild, das in dir selbst nur ist, und das sich in
der Wirklichkeit so nicht findet.

Wie –?

Du machst dir nichts vor?

O, doch! Deine Liebe ist die gewöhnlichste aller Lie-
ben – erotische Liebe, welche sonst?
Begattungs‚liebe'!
Nicht dazu gemacht, lange Bestand zu haben. Bald
fängt sie an, dich zu langweilen. Erst die Begattung
und dann deine ‚Liebe'. Die Folge: ein neues Begat-
tungsobjekt, eine neue ‚Liebe'.
Oder in umgekehrter Reihenfolge.
‚Liebe', die in Wahrheit Besitzliebe ist.
Eine Unterkategorie von Eigenliebe.
Ja, Eigenliebe.
Die einzige Liebe, die Bestand hat. Bis daß der Tod
euch scheidet... dich und deine Liebe zu dir selbst.
Bei ihrem Mann und ihren Kindern jedenfalls ist deine
erotische Liebe fehl am Platz. Dazu braucht es eine
andere, wenn es die überhaupt gibt.
Nein, was du dir so denkst! Ein Mann liebt eine Frau.
Nicht ihren Mann und ihre Kinder.
Ein Mann, hörst du, ein Mann!
Ich bin Juan, ich weiß oder habe zumindest gewußt,
was ein Mann ist.

*

„Ich habe drei Kilogramm zugenommen, seit ich wieder hier bin."
„Drei Kilogramm?"

„Ja, ich habe richtig guten Appetit."

„In den paar Tagen – so viel?"

„Vorher, als ich allein war, hab ich nichts runter ge-
kriegt… hab mich Scheiße gefühlt, ach, ich weiß
nicht."

„Sag noch mal Scheiße."

„Warum?"

„Du sprichst das so lustig aus."

„Wie?"

„Sseisse."

Sie sagt Sseisse und lacht.

Er lacht auch.

Drei Kilogramm und Appetit jetzt.

Vorher nicht – vorher, als sie allein war.

Und sagt damit, daß sie nach ihrer Rückkehr nicht
mehr allein ist.

Ja, er lacht.

*

Du kannst nicht lieben.

Frauen können nicht lieben.

Du kannst keinen Mann lieben. Ich mache mir nichts
vor, obwohl du vielleicht Veranlagung dazu hättest
(wg. deiner Krankheit).

Dennoch will ich dich! Ob du mich liebst oder nicht.

Es ist nichts Pathologisches, wenn ich dich will und wie ich dich will. Es sei denn, alles männliche Wollen dieser Art ist pathologisch.

Das mag ich nicht beurteilen und mit niemandem darüber disputieren. Höchstens mit Gott oder dem Teufel.

Ich bin vorübergehend in irgendeiner Klinik. Keine für Hals- und Beinbruch offenbar, doch selbst das meint nichts Pathologisches.

Nein, keine Anomalien. Fachärztlicherseits mit Hilfe eines Tomographen und der von ihm gelieferten Schnittbilder bestätigt.

Fest steht allerdings, wie du kann auch ich nicht lieben. Ist das möglicherweise etwas Pathologisches? Und die Klinik hier demnach eine Einrichtung, in der diese pathologische Eigenheit korrigiert und vielleicht sogar auf Dauer geheilt werden kann?

Ha, müßte dann nicht die ganze Welt ein Sanatorium sein?

Und stimmt das überhaupt?

Ich kann nicht lieben?

Bin ich nicht auch Fritzchen, der so sehr lieben kann?

*

Sie hat das Kind auf dem Arm, einen Jungen, etwa drei Jahre alt.

Ich sehe vom Gemeinschaftsraum aus durch die Verglasung auf den Flur.

Ihre Eltern rechts neben ihr. Links eine Frau, entfernte Ähnlichkeit, bei weitem nicht so schön wie sie, vermutlich die ältere Schwester. Ihre Tochter ist nicht dabei.

Worte, hin und her, Lachen. Der Junge sträubt sich, windet sich, will herunter vom Arm, sie hält ihn fest.

Ich freue mich für Dich, doch ja.

Bin glücklich mit Dir, aber…

*

Was für ein großes Aber!

Wie sentimental ich doch bin.

Was will ich eigentlich?

Familienglück?

Glück –?

Oder Ersticken in Alltäglichkeit?

Kindergeschrei, Mietwohnungsenge, Essensmief, Launen, Zyklusunpäßlichkeiten, hormonbedingtes Zicken.

*

Der Kerl links neben ihm legt seine Karten auf den Tisch und sagt: „Hose runter!"

„Wie?" fragt sie.

„Hose runter!"

Sie schaut verständnislos.

„Karten auf den Tisch! Los, alle… die Karten auf den Tisch!"

Sie sitzt wieder über Eck neben ihm. Als die anderen ihre Karten ablegen, kichert sie.

Dann stößt sie ihre Zimmergenossin zur Rechten an, beugt sich zu ihr, flüstert. Beide tuscheln, lachen dann los.

„Was gibt's zu lachen?" fragt der Kerl. „Los, leg deine Karten auf den Tisch." Er schaut kurz. „Ich hab gewonnen!"

„Ja, laßt uns mitlachen", sage ich. „Warum lacht ihr?" Sie kichern nur weiter und sagen nichts.

Später frage ich Danni.

„Frag Sibel", sagt die.

„Sie sagt es mir nicht."

„Ich auch nicht."

„Warum?"

Sie schaut zu mir hoch, kleingewachsen, dicklich, noch jung, unzweifelhaft ein Fall für die Psychiatrie, abwechselnd Freßsucht und Hungerattacken... schaut hoch und grinst dann.

„Das geht nicht."

„Was?"

„Na, Hose runter."

„Das ist ja auch nicht wörtlich gemeint."

„Nein, das geht überhaupt nicht." Sie grinst etwas stärker. „Sie hat ihren Krams."

*

Natürlich.

Sie ist eine Frau.

Frauen haben ihren Krams.

Darum sind sie Frauen – und nichts weiter.

Vermehrungsorganismen halt.

Mehr oder weniger in allem *auf Reproduktion konzipiert, nicht allein körperlich.*

Ja, von der Evolution in Millionen Jahren darauf festgelegt. Fünftausend Jahre allgemeine Kulturgeschichte und sogar fünfzig Jahre besondere Kulturgeschichte in einigen besonderen Regionen dieser Welt ändern daran nichts oder nur insofern, daß die mit dieser besonderen Kultur Beglückten sich über kurz oder lang als Ausdruck ihrer ,Freiheit' vom Gang der weiteren Evolution freiwillig ausschließen – ,Freiheit', die sie meinen.

Und egal wie – Männer sind euch nur Mittel zum Zweck oder nicht einmal mehr das.

Das genügt mir nicht.

Ich will…

Ich weiß nicht, was ich will, aber das genügt mir nicht.

Mir, Don Juan.

Oder werde ich alt?

Endlich doch Sehnsucht nach Ehe, häuslichem Frieden, Kinderglück?

Ich, Juan?

Haha… untergehen im Höllenpfuhl, aber mir treu wie der Don!

*

Die Professorenvisite, einmal wöchentlich.

Seine Korona um ihn herum. In gebührendem Abstand, hierarchisch geordnet ihrem Hauptgestirn mehr oder weniger nah oder fern.

Blablabla…

Dann sieht er den Hölderlin auf dem Nachttischchen. Erlaubt sich, ihn zu sehen.

Und schaut mich an. Zum ersten Mal so, als würde er mich überhaupt wahrnehmen. Mit etwas wie einem menschlichen Ausdruck fast, einem Verwundern. Augenbrauenhochziehen, über dem er sich selbst zu ertappen scheint. Dann sofort wieder seine Professoren- und Hauptgestirnattitüde. Distanz, vor allem Distanz, gesteigert sogar noch, als wolle er eine Mißbilligung ausdrücken: Bildungsdünkel! Mir, einem Professor gegenüber – Patientenprovokation!

Ich verstehe ihn sogar.

Hölderlin ist dazu angetan, einem jeden seinen Dünkel zu nehmen.

Sogar deutschen Medizinalprofessoren.

Mir, der ich seit langem ohne Attitüden und Dünkel bin, hat er ihn ganz leicht genommen.

F. H., mein Bruder im Schmerz und Glauben.

*

Deine Arroganz, deine Pipimuschiarroganz.

Ich hasse dich dafür.

Ich hasse euch alle dafür.

Selbst diese Kreatur, dieses bedauernswerte Geschöpf, das sich kokett Danni nennt und eigentlich Daniela heißt, läuft umher, als wäre sie das einzige Wesen mit einer Pipimuschi auf dieser Welt.

Kretin so ganz und gar, ein Nichts.

Dennoch ein Bewußtsein von sich wie die Pipimuschikönigin höchstselbst, der alles Männliche zu huldigen hat und tatsächlich ja auch huldigt... und seien es nur diese Kretins um sie herum.

Das zu sehen ist Demütigung.

Scham und Demütigung ist es zu erleben, wie man sich selbst einer Pipimuschikönigin unterwirft.

Ihr begreift das nicht.

Ihr gefallt euch darin, eure Pipimuschigewalt zu üben.

Und seid blind für die Verachtung, die euer geöffneter Leib weckt.

Ja, ihr alle und auch du. Du mit deiner Pipimuschiseligkeit, deiner Pipimuschibesoffenheit, deinem Pipimuschizauber.

Was ist sie schon!

Eine Kloake, oder?

Ein Kloakenorgan, das mancherlei Unrat ausscheidet... unter anderem Menschen.

Und mit dem ihr Männern Gewalt tut.

O, Männer –!

Wer seid ihr! Schämt ihr euch nicht?

Habt ihr denn anderes verdient, als euch getan wird!

Ich schäme mich. Ich will nicht sein wie all die vielen sonst. Doch Pipimuschigewalt macht, daß ich es nicht sein darf.

Ob Schuld dabei oder nicht, gar persönliche, zählt nicht.

Es zählt nur der Fakt.

Gewalt ist Gewalt.

Und erzeugt Gegengewalt.

Warum schlagen Männer Frauen, vergewaltigen sie?

– Weil sie sich anders nicht als mit Gewalt gegen die

Gewalt eures Geschlechts zur Wehr setzen können –
primitive, rohe Männer.
Ich bin nicht primitiv. Ich übe Gewalt auf meine Art.
Mit meinem Zynismus, meiner Verachtung.
Weil diese rohen Männer primitiv sind, handeln sie
unbewußt.
Mir dagegen ist alles bewußt.
Ich weiß, wem ich den Ruf, der mir anhaftet, zu ver-
danken habe, und weiß, mit was mir gedroht wird.
Das ist mir egal. Ich lasse mich nicht schrecken. Eine
Hölle gibt es nicht.
Es sei denn, auf dieser Erde.
Die Hölle der Selbstgerechtigkeit und die Hölle der
Pipimuschiselbstgefälligkeit, um beim Thema zu blei-
ben.
Doch ich bin Juan.
Und müßte nicht einmal Juan sein.
Einfach nur der Mann, das Tier im Mann, das Alpha-
tier, das das Begattungsrecht der Weibchen im Rudel,
aller *Weibchen beansprucht und durchsetzt.*
Ha, eure Moral –!
Eure Kleinbürgermoral.
Eine Moral ist um des sozialen Friedens und mehr
noch um der Kontrolle der Hirne und Herzen wegen.

Ich pfeife auf eure Moral, die es nötig hat, mit der Hölle zu drohen.

Wie einfallslos. Stets das gleiche Muster.

Eure katholische Moral.

Ich bin ja nicht zufällig in Spanien auf die Bühne getreten. In Land und Zeit der Inquisition.

Muß ich noch etwas sagen?

*

Es klopft.

„Herein!"

Niemand kommt, es klopft erneut.

Ich stehe auf, gehe zur Tür, öffne.

Sie davor.

„Komm herein, bitte."

„Nein."

Sie sieht mich an. „Was ist mir dir?"

„Bitte, komm herein."

Sie kommt zögernd einen Schritt näher. Schaut mich wieder an. „Wie siehst du aus? Was hast du?" Sie blickt sich um. „Schreibst du?"

„Nimm mich bitte in den Arm."

Sie schüttelt den Kopf.

„Bitte, es ist so schrecklich."

„Was?"

„Was ich schreibe. Ich liebe dich doch. Nimm mich bitte in den Arm."

Sie schiebt den Türflügel etwas zur Seite, tritt einen Schritt zurück auf den Flur, gibt mir mit der Hand versteckt Zeichen, ebenfalls hinaus zu kommen.

Ich folge ihr.

Sie schließt die Tür. „Ich kann dich nicht in den Arm nehmen, da drin nicht… die Kameras, die sehen das im Stationszimmer. Und hier auf dem Flur…" Sie schüttelt den Kopf.

Natürlich, die Kameras.

Und wären die nicht, hätte sie mich dann in den Arm genommen?

„Ich werde mir, wenn ich zu Hause bin, ein neues Telefon kaufen, ein schnurloses, das ich immer bei mir trage."

„Ach ja…"

„Dann verpasse ich keinen Anruf von dir."

„Ja."

„Du verstehst immer noch nicht, wie es mit mir ist, oder? Ich würde dich auch lieben, wenn du dick wirst, richtig dick."

„Ja, ich muß aufpassen. Ich darf ja nichts machen… gar nichts mehr – Schwimmen, Radfahren… Autofahren sowieso nicht."

„Vom Autofahren nimmt man auch nicht ab. Aber wir fahren dann Fahrrad, sei nicht traurig. In Begleitung darfst du's."

„Ach ja… sehn wir mal."

*

„Hassen Sie Frauen?"

„Warum interessiert Sie das?"

„Ich habe meine Gründe."

„Und wer sind Sie?"

„Jemand, der Ihnen wohl will."

„Ach, all die Frauen, die mir schon wohl wollten!"

„In diesem Fall von Berufs wegen. Darüber hinaus könnte ich vielleicht eine Geliebte von früher sein. Stellvertretend sozusagen, ich bin ja eine Frau... von weit früher."

„Von weit früher?"

„Sie würden sich bestimmt nicht an mich erinnern."

„Dann kann ich offen reden, ohne Sie zu verletzen?"

„Ja. – Also, hassen Sie Frauen?"

„Ja."

„Warum?"

„Weil ich sie liebe, zu sehr liebe."

„Ach!"

„Ja, und damit ich mich in der Liebe nicht verliere, muß ich sie auch hassen. Das ist ein anderer Haß als

gewöhnlich. Ein Selbsterhaltungshaß – sonst würde ich mich bei jeder Frau, die ich liebe, umbringen."

„Warum?"

„Aus Verzweiflung."

„Aus Verzweiflung?"

„Ja."

„Wie soll ich das verstehen?"

„Wissen Sie es nicht?"

„Ehrlich gesagt..."

„Nein, Sie sind eine Frau, Sie wissen es nicht."

„Dann sagen Sie es mir, bitte."

„Sie würden es nicht verstehen."

„Versuchen Sie es trotzdem."

„Liebe paßt nicht ins Leben."

„Nein?"

„Höchstens in ein Gefühl. Sie ist eben ein Gefühl, weiter nichts. Ein Gefühl wie... wie ein sonnenbllnder Schmetterling vielleicht nur ein Gefühl ist... wie nicht wirklich, wenn er so vorübertaumelt, verstehen Sie... da und nicht da."

„Ja, da und nicht da."

„Und alles, was an der Liebe leicht ist und fliegen will..."

„Sind Sie nicht ein Phantast? – Nein, mehr noch: recht kindisch?"

„Mag sein, aber so bin ich. Mir genügt der Alltag nicht. Die Liebe ist ein Fest. Und da ein Fest nicht ein ganzes Leben dauern kann, ohne nicht langweilig zu werden, feiere ich es für einen Tag oder eine Stunde... und am nächsten Tag oder in der nächsten Stunde ein neues. Mit einer anderen Frau. Die Gäste sind andere, alles ist anders. Es kann einem vorkommen, als erneuere sich mit der neuen Liebe das Leben immer wieder aus sich selbst. Ein stets frisches, neugeborenes Leben. Darum wird Don Juan nie alt. Er ist immer so jung wie seine neueste, junge Liebe und eigentlich ist er unsterblich."

„Und was macht den Unterschied zu dem, wie es möglicherweise tatsächlich ist?"

„Das Leben ist ehrlich."

„Sie denken also, all die Langweiler und Gewohnheitstiere, wie Sie sie nennen würden, leben ein ehrliches Leben?"

„Nein, sie sind nur die Bequemen und Feigen. Ihr Leben ist erst recht eine Einbildung... von Überschaubarkeit und Ordnung – und ist in Wahrheit nichts als eine einzige Kleinkariertheit! Leben in den Arealen kleinster Quadrate und Parzellen. Ich will so nicht leben, ich kann so nicht leben. Und was fragen Sie, wissen Sie das nicht alles selbst?"

„Ich hasse Männer nicht."

„Sie hassen nicht, weil Sie nicht lieben. Und ich meine nicht andere, sondern mich selbst, wenn ich sage, das Leben ist ehrlich."

„Inwiefern?"

„Ich sagte es bereits: es kann einem eine Zeitlang vorkommen, als würde Don Juan nie alt und sei unsterblich... ich weiß es mittlerweile besser."

„Das überrascht mich."

„Genau genommen weiß ich es nicht, ich ahne es. Was ich weiß, ist dies: ich bin die Selbstsucht schlechthin. Ich bin die erschreckende und faszinierende Monstrosität des Ich. Ich bin mit meiner Eigensucht die Gewalt des Lebens. Vielleicht mehr noch als der Schoß der Frauen."

„Soll ich darauf antworten? – Sie erwarten doch nicht, daß ich antworte, oder?"

„Nein."

„Das wäre auch nicht der Sinn unseres Gesprächs."

„Natürlich nicht, aber auf meine jetzige Frage hätte ich gern eine Antwort."

„Ja, bitte."

„Wo bin ich hier?"

„Wo?"

„Ja, wo?"

„In einer Einrichtung... einer Klinik. Wissen Sie das nicht?"

„Doch, aber..."

„Möchten Sie wissen, welche Art Klinik es ist?"

„Nein, wer der Träger ist. Wer betreibt sie?"

„Eine Stiftung."

„Das sagt mir nichts."

„Wer hinter der Stiftung steht?"

„Ja."

„Die Kirche... die römische Kirche."

„Ha, die Kirche! Ich habe es mir gedacht. Don Juan im – Schoß der römischen Kirche! Verzeihen Sie, ich muß lachen."

„Lachen Sie."

„Nein, ich kann nicht."

„Warum nicht?"

„Allmächtiger Satan!"

„Wie?"

„So hat man es endlich geschafft?"

„Was?"

„Ich bin in der Hand meiner Feinde... meiner Todfeinde, die mein Verderben wollen."

„Niemand will Ihr Verderben, im Gegenteil."

„Was hat man nur aus mir gemacht! Und zum bösen Schluß noch dies – ausgeliefert auf Gedeih oder Verderb... mein vollständiger Untergang, mein Ende."

„Was reden Sie!"

„Etwa nicht? – Werde ich je wieder entlassen? Wann werde ich entlassen?"

„Das wird sich ergeben."

„So lange Sie mir nicht sagen, wann ich – ach, Lappalien, Lappalien!

Vielleicht war ich einmal Eros – der Gott Eros selbst. Ich weiß es nicht mehr. Eros, der vom Katholizismus als Wüstling verunglimpft und zuschanden gemacht wurde.

Eros, ja.

Eros ist Liebe und Trieb zum Schönen. – Ich muß nachdenken... doch, ich war Eros. Was hat man nur mit mir gemacht, was habe ich aus mir machen lassen, daß ich mich selbst als Don Juan verstehe!

Don Juan! Hamster im Hamsterrad einer ihn unaufhörlich verfolgenden Scham. Ja, so hätten sie es gern. Ein katholischer Hamster, haha... eine Schreckens- und Witzfigur zugleich, welcher der Teufel im Nacken sitzt. Dagegen der heilige Ernst des Eros. Der erhabene, großmächtige Eros, fern aller Scham. Warum auch Scham?

Das Maß ist das Maß... und er *ist das Maß, das die Welt regiert und kein katholischer Teufel und noch weniger ein katholischer Gott und irgendein katholischer oder auch protestantischer Pfaffe am wenigsten."*

„Fühlen Sie sich verfolgt?"

„Nein."

„Sagten Sie nicht –?"

„Ich sprach nur davon, was man den Leuten weisgemacht hat, so lange man es ihnen hat weismachen können."

„Und heute?"

„Macht man ihnen anderen Humbug weis. Und egal welchen – Hamsterräder wohin man schaut und soviel wie es Menschen hat... und in jedem ein Hamster. Keine katholischen mehr, aber eben doch Hamster, die das mit Fleiß machen, was Hamster in Hamsterrädern tun: laufen, laufen, laufen... auf ewig im Kreis."

„Und Sie?"

„Ich bin Don Juan."

„In einem Hamsterrad?"

„Möglicherweise, doch keinem der Scham. Früher nicht und heute noch weniger."

„Und was für ein Hamsterrad wäre das?"

„Sich darüber Gedanken zu machen, ist wohl Ihre Aufgabe."

„So?"

„*Ja, Sie wollen es doch wissen. Mich interessiert die Frage nicht.*"

„Wirklich nicht?"

„*Besser gesagt, nicht mehr. Ich habe sie mir schon lange beantwortet.*"

„Und wollen sich jetzt nicht weiter dazu äußern."

„*Nein.*"

„Gut – Don Juan... Sie sind also Don Juan und das zu wissen, soll mir vorläufig genügen."

„*Ja – aber sehen Sie mich an!*
Don Juan ist alt geworden, so sehr alt. Alt und Hormonspiegel reduziert sozusagen. Eine Blamage vor sich selbst, um wieviel mehr vor der Welt, der Frauenwelt zumal. Nein, sexuell keine Gewalt mehr, keine Verführung, keine falschen Schmeicheleien, kein Heucheln – und doch Don Juan!"

„Und wie?"

„*Ich bin Poet geworden.*"

„Wie Casanova?"

„*Den Namen höre ich nicht gerne.*"

„Verzeihen Sie."

„*Gut, wenn Sie den Vergleich nicht zu weit treiben... wie Casanova auf Schloß Dux, ja. Doch natürlich bin ich nicht nur ein anderer als er, ich schreibe auch an-*

deres. Keine Memoiren, Flucht in Vergangenheiten. Ich *lebe in der Gegenwart, in jeweiligen Gegenwarten."*

„Poet also – um sich weiter als Don Juan fühlen zu können."

„Um Don Juan zu sein! *Verstehen Sie das bitte richtig. Gewalt nach wie vor, doch eine andere, sublimere – literarische.*

„Sie reden ständig von Gewalt. Ist das Ihr Hamsterrad?"

„Was glauben Sie?"

„Ich kann es nur vermuten."

„Ja, mein Hamsterrad. Gewalt tun, Gewalt tun wollen, müssen*, um mir in der Unterwerfung anderer... Ha, andere – wer sind die anderen für Don Juan! Wer schon! Frauen, wer sonst... leichteste Beute! Um mir in der Unterwerfung anderer – ach, hören Sie auf damit! Ich habe sie nicht erfunden, die Gesetze der Geschlechtlichkeit... Kriegszustand auf ewig! Und den Katholizismus schon gar nicht!"*

„Was?"

„Ich habe ihn nicht erfunden."

„Ach so, ja... und wenn Sie nicht wollen, müssen Sie auf meine Fragen nicht antworten."

„Aber Kompliment... Kompliment an mich! Die Fähigkeit zur Selbstanalyse... bravo! Andererseits... nach fast vierhundert Jahren darf man da zu Recht einiges erwarten, oder?"

„So lange Sie nicht mehr dazu sagen, kann ich das nicht beurteilen."

„Ja, Gewalt. – Und Gewohnheiten, so lieb und teuer gewordene. – Und mehr noch Zynismen, sich selbst stets übertreffende Zynismen, um sich noch irgendwie an seinem so lang schon geübten Zynismus goutieren zu können. Sind halt Dynamiken wie überall im Leben. Kann man dafür? Evolutionär bedingte Dynamiken geradezu, auch diese. Soll, kann *man sich gegen so etwas stellen? Das hieße sich gegen, nein, nicht Natur-, gegen Kulturgesetze, unsere besondere Art Kulturgesetze versündigen. Zwecklos wäre es ohnehin."*

„Also früher sozusagen physische und jetzt literarische Gewalt."

„Ja, wobei die literarische vor allem ebenso eine seelische Gewalt ist wie die physische. Sie sehen, die Verfeinerung und Kultivierung der Sitten kommt offenbar voran. Oder sind zunehmend sublimierte Brutalität und Herzenskälte vornehmlich der Ausdruck eines gesteigert Pathologischen? Was meinen Sie?"

„Ich will darüber nachdenken. Aber das alles ist jedenfalls Ihre Art Liebe?"

„Natürlich, und nicht nur die meine. Das alles ist Liebe, gehört zur Liebe dazu.

Oder findet Liebe ihren Ausdruck in Hochzeitsanzeigen, die zwei Elefanten mit verschlungenen Rüsseln unter einem Himmel voll Liebessternchen zeigen? – Das ist Kitsch, Liebeskitsch, Kitschliebe, erbärmlich infantil. Sie ist grausamer, entwürdigender und entstellender und sogar ungewollt zynischer als alle Grausamkeiten, Entwürdigungen, Entstellungen und Zynismen jeder Liebe, die sich auf mutige Weise bemüht Liebe zu sein und vor den Abgründen in sich selbst nicht zurückschreckt.

Liebe oder was man Liebe nennt, ist das Urelement, das in vielen, vielen elementaren Kräften steckt. Eben auch in Gewalt... und umgekehrt."

*

Am zweiten Tag bereits: „Ich werde ein Buch über dich schreiben... über uns", sagt er.

„Willst du dich interessant machen?"

„Nein."

„Mir imponieren?"

„Nein."

„Mir schmeicheln?"

„Nein."

„Warum dann?"

„Ich muß es. Ich fühle, ich muß es. Anders komme ich aus der Sache nicht heraus. Vor allem fühle ich... ich bin schon so tief drin. Auf normalem Weg werde ich nicht herauskommen."

„Willst du denn heraus?"

„Das liegt nicht an mir."

„Und wie ‚normal'?"

„Daß es mit uns etwas werden kann."

„Ich verspreche dir nichts."

Ein Buch.

Wie das aussehen wird, weiß er natürlich nicht. Er weiß nur, daß er es schreiben wird. Und bittet sie, ihm etwas über sich zu erzählen.

Sie geht mit ihm in den Gemeinschaftsraum und erzählt.

Erzählen – was ist das!

Erzählen ist nichts.

Erleben! Empfinden!

Erzählen ist Staffage.

Wie sie erzählt – Gestik, Mimik, Sprache... Ausdruck der Augen, der Hände.

Das ist Inhalt. Dadurch erfährt er, wer sie ist.

*

„Guten Tag, Herr Helm."

Ja, Fritzchen, da bist du erstaunt – Sibel, dein ,Wunder' Sibel, mutiert zum literarischen Stoff.

Wird zum literarischen Objekt. – Objekt!

Was für eine elende Profession. Leichenfleddermentalität braucht's dazu.

Und was auch Leiche!

Menschenfleddermentalität!

Einen atmenden, lebendigen Menschen, nicht die Taschen eines Toten... einen Menschen fleddern mit allem, was er ist... vor allem seine Innerlichkeit. Ihn emotional ausplündern... ausbluten lassen. Ja, eine elende Profession. Ich weiß, wovon ich rede. Und fledderte man sich nur selbst und allein, doch andere braucht es offenbar mehr dazu – Opfer, ja, Opfer, Fledderopfer. Wie stets halt: Opfer!

„Guten Tag, Herr Helm!"

„Wie? – Ja, guten Tag. Ach, verzeihen Sie, ich führe manchmal Selbstgespräche. Habe ich Sie übersehen? Sind Sie schon länger da?"

„Nein."

„Ich muß gestehen, es beschämt mich, Sie unter diesen Umständen und in dieser Umgebung empfangen zu müssen, Donna..."

„Machen Sie sich darüber bitte keine Gedanken. Ich will halt das Gespräch mit Ihnen fortsetzen. Das Wie und Wo spielt für mich keine Rolle."

„Gerne, wie Sie möchten. Allerdings frage ich mich, warum? Woher Ihr Interesse an mir, ein offensichtlich so spätes doch? Sagten Sie nicht, wir kennen uns von früher... von weit früher? Ein persönliches Interesse gar noch?"

„Nein, ein berufliches, ich hatte es bereits erwähnt."

„Natürlich, ich erinnere mich, ein berufliches."

„Ich schlage vor, Sie erzählen einfach. Vergessen Sie, daß ich da bin. Entspannen Sie sich, und tun Sie so, als sei ich nicht da. Wie bei Ihrem Selbstgespräch, als ich kam."

„Da habe ich nicht getan, als seien Sie nicht da. Sie waren nicht da, verstehen Sie?"

„Ja."

„Verzeihen Sie nochmals... und was soll ich erzählen?"

„Egal, fangen Sie mit irgendetwas an, das mit Ihnen zu tun hat. Was Sie denken oder gedacht haben, was Sie tun oder getan haben. Irgendein Anfang, alles weitere folgt daraus."

„Ich denke und tue nichts."

„Als ich vorhin hereinkam, haben Sie doch offensichtlich über etwas nachgedacht. Knüpfen Sie einfach daran an."

„Ich erinnere mich nicht, was es war."

„Dann... ja, dann versuchen Sie vielleicht, etwas darüber zu sagen, was Sie meinen, was andere über Sie denken."

„Über mich? – Das weiß ich nicht."

„Aber sind Sie nicht Don Juan? Über Don Juan hat man eine Meinung in der Welt."

„Ach, so... Don Juan. Ja, über Don Juan hat man eine Meinung in der Welt. Eine ganz und gar empörende, wenn Sie mich fragen."

„Wollen Sie das bitte erläutern?"

„Gerne... und dazu möchte ich etwas zitieren. Ich habe es im Kopf, eine ausgemachte Dummheit – aber... sagten Sie ‚entspannen', sagten Sie vorhin wirklich, ich solle mich entspannen?"

„Verzeihen Sie, eine Floskel, meinem Beruf geschuldet. In Ihrem Fall nicht angebracht, scheint mir."

„Nein, ganz und gar nicht, bei Don Juan nicht."

„Also, eine ausgemachte Dummheit sagten Sie..."

„Ja, die ich mir allerdings gerade ihrer Dummheit wegen gemerkt habe. Zu finden in einem gängigen Konversationslexikon hinter meinem Namen – einige

Stichworte nur: Wüstling, Frauenverführer, Sinnbild ewig ungestillter sinnlicher Leidenschaft. – Das ist primitiv, nicht wahr?"

„Ich hoffe, Sie werden mir sagen, warum."

„Bin ich ein Primitivling? – O ja, als den stellt man mich gern hin. Auf die Weise meint man am ehesten mit mir fertig werden zu können.

Lüstling? Fleischeslust?

Nein, Unterwerfung und Erniedrigung! Die eigentliche Lust ist die Lust der Macht.

Alle, die Macht haben, wissen das. Alle, die Macht haben, dulden keine Macht und Gewalt neben sich. Und neue Mächte müssen alte verdrängen, wenn sie denn beherrschende Macht werden wollen.

Muß ich mehr sagen?"

„Bitte, tun Sie es."

„Ich habe es bereits gesagt."

„So?"

„Ja."

„Verzeihung, ich..."

„Nein, nein, so unverständig sind Sie nicht."

„Ich befürchte, doch."

„Die alte Macht... die Macht in der Welt überhaupt war Eros. Und dann kam die neue Macht."

„Die römische Kirche?"

„Und tat, was sie ihrem Verständnis nach tun mußte."

„Sozusagen Eros liquidieren?"

„Ja. Und Sie fragen mich jetzt bitte nicht, wie das geschehen ist."

„Doch."

„Sie sind nicht aufrichtig zu mir. Sie spielen da etwas, eine Rolle."

„Nein. Oder zumindest nicht so, wie Sie es sich denken. Ich möchte ein Bild von Ihnen haben, ein möglichst vollständiges. Das kriege ich nicht, wenn ich Ihnen bei der Zeichnung dieses Bildes sozusagen mit an die Hand gehe. Sie allein sollten es erstellen. Also selbst wenn ich vermuten kann, was Sie sagen wollen, ist es besser, Sie sagen es und nicht ich. – Können Sie das akzeptieren?"

„Ja."

„Liquidieren also..."

„Eros zu verteufeln reichte. Der geflügelte Gott wird fortan sozusagen als Aasgeier geschmäht, der seine Fleischeslust an den Kadavern niedriger Triebe befriedigt."

„Und wie ‚verteufeln'?

„Ich sagte es bereits – aus dem naturmächtigen Eros wird der Mensch Don Juan. Der läßt sich den Gesetzen der neuen Macht unterwerfen. Und was man an

ihm verachtet und verabscheut, meint Don Juan selbst, natürlich, vor allem aber auch Eros. Sein Tun ist nun verwerflich, alle Unschuld dahin. Man darf ihn verdammen und den Schrecknissen der Hölle preisgeben. Sein Sturz ins ewige Feuer befördert ihn nur dahin, wo er gerechterweise hingehört und von wo er vielleicht sogar stammt. Ja, Eros – wenn nicht Spießgeselle, so doch Gesinnungsbruder des Teufels. Sein Tun jedenfalls ist böse."

„Unschuld?"

„Eros kennt kein Gut und Böse. Er ist der Ausdruck der reinen Natur, die ebenfalls kein Gut und Böse kennt. Das gibt es nur..."

„Ja –?"

„Egal, Sie sehen, ich bin nicht irgendwer und ein schäbiger Lüstling schon gar nicht – ich bin ein völlig verkanntes Phänomen."

„Und heute?"

„Was heute?"

„Was Sie sagen, mag für die Vergangenheit gelten, heute doch nicht mehr."

„Nicht?"

„Die Kirche spielt nicht mehr die Rolle wie früher."

„Ja, ihre weltliche Macht hat sie eingebüßt. Diese besondere Art Schuld jedoch, die mit ihr in die Welt ge-

kommen ist, lebt in den Hirnen und Herzen der Menschen weiter, mehr denn je. "

„Heute?"

„Etwa nicht? – Sehen Sie sich nur um, die Mächtigen
von heute dürfen triumphieren wie die Mächtigen der
Kirche zu besten Zeiten nicht: ‚Don Juans' wohin man
schaut... nur noch ‚Don Juans'. Im Gegensatz zu mir
sind sie wirklich Lüstlinge, nichts sonst. Mit Schuld-
gefühlen tief in sich drin, die ich nie gehabt habe.
Oder wie sonst konnten all diese Lüstlingsindustrien
mit Zigmilliarden Umsatz pro Jahr entstehen, wenn
Eros nach dem Niedergang der Kirche als alles regie-
render Gott wieder in der Welt wäre? "

„Ist er ganz fort?"

„Nein, aber er ist ein Lustknabe geworden, der ge-
handelt und verkauft wird, unendlich oft und mit unvorstellbar viel Gewinn.

Ist es so? Sie stimmen mir nicht zu, nicht wahr? Sind
Sie etwa eine Romantikerin?

Und egal wie, die heutigen Mächte und Imperien wur-
zeln tief in einer langen Geschichte von Scheinheilig-
keit, verlogener Moral, scheinbar gesetzestreuem Getue... und brutalster Machtausübung. Ha, die Heilige
Mutter Kirche, die Mutter aller modernen Mächte,

seinerzeit die alleinige Macht und Gewalt... und solange sie die Macht tatsächlich noch hatte...

Ja, Jesuiten sind wahrhaft meisterliche Verwalter der Macht, Inquisiteure ihre gewitzten Handlanger, Folterkammern und Scheiterhaufen Instrumente legitimer Gewalt... einer von Gott selbst übertragenen.

Das ist die Welt, aus der ich komme – und ahnen Sie, wer ich bin, wirklich *bin?*

Nicht?

Ich bin die Gegenwelt zu dieser Welt. Don Juan ist die Flucht aus geistiger und geistlicher Unterdrückung, der Versuch einer Befreiung aus den Zwängen der finsteren spanischen, so sehr christlichen Macht.

Ha, überlegen Sie, ist es wirklich so, könnte es so sein? Möglich wäre es doch, oder?

Ja, Don Juan...

Nein, nein, Eros!

Ein Geist, der *Geist, der Weltengeist, allein dem archaischen Chaos des schöpferischen Seins verpflichtet.*

Eros/Don Juan.

Ach, das war einmal.

Der alte Don Juan, wer ist er noch?

Bestenfalls ein Routinier, wenn Sie so wollen. Nicht im Sinn eines eintönigen Gleichmaßes und ewigen Einer-

leis, sondern der Routinier als souveräner Handhaber jeder vorteilhaften Gelegenheit und ebenso jeder Fährnis. Was voraussetzt, daß ihn nichts aus der Ruhe bringt... nennen Sie diese Eigenschaft, wie Sie gerade wollen: Gleichmut, Uninteressiertheit, Herzenskälte. Der Begriff ist nicht entscheidend.

Routinier Don Juan – und wenn es so wäre?

Dann gäbe es mich nicht mehr, schon lange nicht.

Ich lebe aus der Unmittelbarkeit. Anders kann ich nicht leben.

Allerdings – je älter ich geworden bin, auch aus einem Kalkül. Dem des Überlebens. Ich brauche Opfer, Opfer, Opfer. Kein Blutopfer, das früher in versinnbildlichter Form im ‚Blutopfer' der Entjungferung einer jungen Unschuld mein höchster Genuß war.

Nein, ich brauche – Seelenopfer.

Ich bin ein Seelenfresser geworden.

Zurzeit bin ich in einer neurologischen Klinik, scheint mir. Ich bin mir nicht ganz sicher... in einer Klinik jedenfalls. – Wäre ich nicht besser in der Psychiatrie aufgehoben?

Als Seelenfresser, der ich bin.

Und weiß von mir als Seelenfresser sogar. Ja, ich sagte es bereits...alles ist mir bewußt.

Was meinen Sie, gehöre ich in die Psychiatrie? – Oder bin ich in einer?

Sie schweigen, gut. Es interessiert mich auch nicht derart, daß Sie antworten müßten.

Und denken Sie, es sollte mir dann erlaubt sein, mich selbst auch zu therapieren, wo ich mich so großartig zu analysieren verstehe?

Neurologie... Psychiatrie.

Und Defekte –?

Haha...

Eben nicht.

Grundeigenschaften abendländisch ,zivilisierter' menschlicher ,Natur'! Defekte nur dann auch, wenn man diese Zivilisation insgesamt als Defekt ansähe und den Schluß daraus zöge, die gesamte solcherart zivilisierte Menschheit therapieren zu müssen.

Nur – wer sollte das machen?

Der liebe Gott allein, oder?

Gott, der Obertherapeut – wäre er bereit zu therapieren, wo er diese Art Defekte laut der Lehre, die ihn anbetet und rühmt, offensichtlich selbst doch so gewollt hat?

Gott, Gott... der Schöpfer und auch Therapeut.

Irgendetwas lacht da in mir bei einem so unaufhebbar scheinenden Widerspruch.

Und eh alles nur Spekulation, nichts als Spekulation.
Die größte Spekulation ist der Christengott selbst.

Fakten sehen anders aus. Sie sind *anders. Zum Bei-*
spiel als gewisse Defekte. Oder freundlicher ausge-
drückt: als Konstruktionsmängel. Oder euphemistisch
formuliert: an ,Sinn' und Zweck jeweiligen sowie je-
weils modernsten Daseins orientierte, notwendige An-
passungen.

Bei Notwendigkeiten hört dann jedes Zweifeln und
Fragen auf. Mit ihnen findet alles seine Erklärung
und Rechtfertigung. Das ergibt sich aus der Begriff-
lichkeit des Wortes. Wo Notwendigkeiten sind, kann
man zwar noch immer Defekte diagnostizieren, doch
es bedarf keinerlei Psychiatrie. Das wäre ein glatter
Widersinn – und gibt es Widersinnigkeiten nicht be-
reits genug? Andererseits – auf eine mehr oder weni-
ger käme es nicht an, warum also nicht doch die
Psychiatrie zu Hilfe nehmen?

Ich will darüber nachdenken.

Ja, nachdenken.

Vieles, was ich sage, klingt widersprüchlich, scheint
mir. Empfinden Sie das ebenso? Ist aber nicht auch
alles so widersprüchlich geworden? – Früher waren
die Dinge eindeutiger und damit einfach.

Andererseits, auf eine Eindeutigkeit durfte ich mich nie festlegen lassen. Eindeutigkeit bedeutet Rückgrat haben, starr sein. Kann man sich so etwas bei sprunghaften und unbeständigen, gar flatterhaften – verzeihen Sie nochmals – flatterhaften Wesen wie Frauen, kann man sich so etwas leisten, wenn man bei ihnen ans Ziel kommen will? An nur ein *Ziel, ein gewisses Ziel doch? Nein, da braucht es mephistophelische Listen und Verschlagenheiten. Heute so, morgen so. Wetterwendische Kapriolen halt wie kein Kirchturmhahn sie in den Himmel dreht. Ach, Kapriolen, daß einem schwindlig wird, wenn man anfängt darüber nachzudenken. Hm, schwindlig – Sie kommen vermutlich ebenfalls aus einer Zeit, als... verzeihen Sie, was sagten Sie noch, wann hatten wir –?"*

„Möchten Sie nicht erst weiter sprechen. Mir scheint, Sie sind gut im Redefluß."

„Gerne. Vermutlich doch kommen Sie wie ich aus der Zeit, als die Heilige Kirche oder gar die Heilige Inquisition Bedeutung hatten... Bedeutung, verstehen Sie. Dann werden Sie sich nicht wundern, mich häufig über die Heilige Mutter reden zu hören, wo sie heute doch niemanden mehr interessiert. Aber Prägungen sind Prägungen. Man wird sie nicht so leicht los, selbst wenn man möchte.

Im Gegenteil, das Bemühen, sie loszuwerden, bewirkt das nicht, daß man sich noch stärker darin verstrickt? Und verfallen Sie bitte nicht in den Fehler, wenn Sie mich so respektvolle Bezeichnungen wie Heilige Kirche verwenden hören, einen aufrichtigen Respekt auch tatsächlich vermuten zu dürfen.

Doch das ist meine Sache. Nur – was ich mich noch immer frage, was wollen Sie überhaupt bei mir, was wollen Sie von mir?"

„Ich sagte es bei unserem ersten Zusammentreffen."

„Sie sagten, Sie wollen mir wohl. Damit kann ich nichts anfangen."

„Ich möchte sehen, ob Sie leiden... und ob ich Ihnen helfen kann."

„Leiden... helfen? Sie mir –?"

„Ja."

„Warum? Warum sollte ich leiden?"

„Sie sind das Opfer einer Obsession."

„Was Sie nicht sagen. Haben Sie mir nicht zugehört?"

„Doch."

„Obsession sagen Sie?"

„Einer Obsession, ja. Weniger hormonbedingt als mehr geistiger Natur."

„Interessant."

„Sie reden von Liebe... einer übermächtigen Liebe, vor der Sie sich mit Ihrem Haß auf Frauen schützen müssen. In Wirklichkeit lieben Sie nicht. Sie sind unfähig zur Liebe."

„Was soll ich dazu sagen. So könnte es möglicherweise sein... oder auch nicht. Sie sehen jedenfalls, daß ich Ihre Bemerkung nicht als Vorwurf verstehe oder Ihnen gar übel nehme. Derlei Empfindlichkeiten... ach, lassen wir das."

„Sie sind das Spiegelbild einer ganzen verlorenen Kultur. Einer verlogenen, verlorenen Kultur, die man nur zutiefst verachten kann, nicht wahr?"

„Ich sehe, Sie haben mir doch zugehört, sehr gut sogar. – Ja, ich bin – wie soll ich sagen? – ich bin der personifizierte Reflex auf die heutzutage oft verborgenen, nichtsdestoweniger wesentlichen Inhalte einer bestimmten kulturgeschichtlichen Epoche, die man das christliche Abendland nennt."

„Als das Symbol dieser Epoche?"

„Ich bin mehr als ihr Symbol. Ich bin ein Drama, vergessen Sie das nicht. Mit den handelnden Personen und Kräften: Mann, Frau, Sexus, Macht, Religion, Moral. – Und Liebe, nicht wahr?"

„Liebe –? Sie scherzen."

*„Ah, doch keine Romantikerin! – Ja, machen wir uns
nichts vor. Liebe wird in diesem Drama über das
Medium Religion verhandelt – damit ist gesagt, wel-
cher Funktion und welchen Charakters sie in dieser
bestimmten Kultur ist. Wissen Sie, was ich meine?"*
„In etwa."
„Wasser predigen und Wein saufen."
„Geht es etwas deutlicher?"
*„Liebe einfordern und Gewalt üben. Das entlarvt sich
selbst, oder?"*
„Bei Ihnen ließe sich also eine Obsession diagnosti-
zieren, und die Kultur als Ganzes ist ein Kalkül, mei-
nen Sie."
*„Kalkül, ja... und gleichzeitig ebenfalls Obsession.
Kalkül und Obsession. Ganz wie bei mir."*
„Kalkül und Obsession, ja. Verständigen wir uns dar-
auf... und belassen es für die heutige Sitzung erst ein-
mal dabei."
„Sitzung?"
„Gespräch... sagen wir lieber Gespräch, wenn Ihnen
das besser klingt."
„Ja."
„Sonst geht es Ihnen gut bei uns? Sie fühlen sich
wohl? Was tun Sie den Tag über?"

„Dank der Nachfrage, verbindlichsten Dank! Wie es mir geht und was ich tue... Sie sehen es. Ich bin einer, der Papier vollschmiert und sich einbilden möchte, ein Philosoph geworden zu sein. Mit alten – wie man in der ach so empörungsreichen und ach so heuchlerischen Welt draußen sagen würde – mit alten Untugenden noch, freilich."

*

„Soll ich Dir den Anfang vorlesen?"

„Ja, wenn du möchtest. Ich hab dich übrigens gesehen, als du geschrieben hast."

„Wann?"

„Vorhin."

„Wo?"

„Auf den Monitoren. Du weißt doch, im Stationszimmer, da sind zwei Monitore, auf beiden konnte ich dich sehen, wie du auf dem Bett sitzt und schreibst."

„Zwei?"

„Ja, zwei, mit verschiedenen Bildern... anderer Blickwinkel und so."

„Im Zimmer sind zwei Kameras... ich wußte nicht, daß beide in Betrieb sind. Soll ich vorlesen?"

„Ja."

„Ich bin Don Juan. Ich bin ein Mythos."

Sie lacht. „Welcher?"

„Wie welcher?"

„Welcher Juan? Du selber mit dem Spitznamen oder der, von dem du mir erzählt hast?"

„Der Frauenheld."

Sie lacht wieder. „Willst du mich verführen? Mach dir keine Hoffnung. Ich bin verheiratet. Mit einem Türken. Du weißt, was das heißt."

*

„Warum hören Sie den Namen Casanova nicht gern?"

„Ha, Casanova..."

„Warum?"

„Ein Charmeur... ein Gockel."

„Und Sie?"

„Ich bin kein Charmeur."

„Sondern?"

„Sie wollen mich provozieren, nicht wahr?"

„Vielleicht."

„Es wird Ihnen nicht gelingen. – Und doch, wenn ich darüber nachdenke... welch Mißverständnis, welch tragisches Mißverständnis geradezu, mich mit einem wie Casanova in einen Topf zu werfen. Das ist Ehrabschneidung und mehr. Das beleidigt und verletzt mich zutiefst."

„Das war nicht meine Absicht, glauben Sie mir. Ich will nur..."

„Casanova – ein Laffe! Verloren in dummen, flüchtigen Eitelkeiten! Ich dagegen – ich bin von kosmischer Größe. Ich bin... ich war, war *ein Verhängnis und dann Werkzeug der Verdammnis. Ich war Eros und bin noch immer Sexus, besser Phallus, heute der Erfüllungsgehilfe ängstlicher Männer im Dienste der Beschwörung böser Dämonen.*

Ach, was für Zeiten, die vergangenen, so ganz andere als heute! Ob glücklichere, weiß ich nicht. Ist so etwas wie Glück überhaupt ein Maßstab? Etwas so Unfaßliches! Nicht allein, weil es unfaßlich ist.

Glücklichere Zeiten – vielleicht aufrichtigere, wahrere. Ja, Sie haben recht... eine verlogene, verlorene Epoche. Je älter sie wird, desto verlogener. Fast wie ich selbst, nicht wahr? Oder glauben Sie, meine Einsichten sind echt? Sind Sie sicher, daß ich nicht nur geschwollen daherschwätze, um Eindruck bei Ihnen zu machen? Um etwas bei Ihnen zu erreichen, auf diese oder jene Weise? Vergessen Sie nie, ich bin und bleibe *Don Juan.*

Ich bin in dem Punkt aufrichtig. Seien Sie es bitte ebenfalls und sagen mir – verachten Sie mich? Als einen der Hauptrepräsentanten dieser verlogenen Epoche?"

„Nein, ich verachte Sie nicht. Sie sind ein Opfer... machen andere zu Opfern. Sie folgen gewissen Regeln, die unglücklicherweise *allgemeine* Regeln sind."

*

Fritzchen sagt, er will nichts von dir.

Ich aber will dich!

Und wäre auch in der Lage, dich zu nehmen, wie man Frauen nimmt. So allerdings will ich dich nicht. Ich will dich auf andere Art und nehme dich darum auf andere Art.

Du kannst sicher sein, ich kriege dich. Du bist ganz in meine Hand gegeben, in die des Poeten. Ich mache mit dir, was ich will. Du hast keine Eigenexistenz mehr, ich allein bestimme über dich.

Ja, in meiner Hand und Verantwortlichkeit!

Verantwortlichkeit –?

Hat ein Poet Verantwortlichkeit? Außer der gegenüber seinem poetischen Gewissen, das einzig allein wiederum seiner poetischen Wahrheit verpflichtet ist?

Dumme, überflüssige Frage.

Nein, keine Verantwortlichkeit und kein Gewissen. Der Poet ist eine selbstsüchtige Steigerung des Don Juan. Muß es sein, weil es bei dem um eine Wahrheit, die es zu finden gälte, am wenigsten geht. Don Juan

lebt *eine Wahrheit, das ist alles – ja, die der verloge-*
nen Kultur.

Also – andere Aufgaben, andere Mittel.

Und mit der Größe der Aufgabe steigen Einsatzbe-
reitschaft und auch Skrupellosigkeit. Höheren Opfer-
mut und bedenkenlosere Rücksichtslosigkeit als der
Künstler zeigt niemand. Geht es bei seiner Mission
nicht auch um das Höchste und gleichzeitig Tiefste,
das für menschliches Verstehen und Empfinden noch
irgendwie faßbar ist?

Das ist alle Opfer wert. Eigene, freiwillige sowie die
unfreiwilligen anderer.

Und doch, mir ist nicht wohl dabei. Ich fühle mich
elend, sehr elend. Zumal ich alles so deutlich durchschaue. Ich kann mich nicht herausreden, ungewollt in
etwas hineingeschlittert zu sein.

Ich bin ein Überzeugungstäter. Ich sehe, ich tue
Schlechtes… und *tue* es.

Ist Friedrich H. ein Getriebener wie Don Juan?

Ein Besessener?

Oder ein seelischer Krüppel?

Mit fadenscheinigen und allzu durchsichtigen Exkul-
pationsversuchen.

Ich weiß es nicht, ehrlich, ich weiß es nicht.

Nur so viel weiß ich, gegenüber dieser Frau tue ich Unrecht, unverzeihliches, durch nichts wieder gut zu machendes Unrecht. Weil ich sie wirklich liebe.

Und mißbrauche sie dennoch.

Ich bin ein Ungeheuer.

Welcher Wahrheit wegen opfere ich sie überhaupt? Sehe ich eine?

Ich weiß es nicht.

Vielleicht findet sich eine. Auf mehr kann ich nicht hoffen.

Und wessen Wahrheit?

Meine nur, meine allein?

Oder eine allgemeine?

In deren Namen ich mein Tun dann rechtfertigen könnte und mir einzureden vermöchte, Sibel und mich dafür geopfert zu haben.

Erbärmlich alles.

*

Willst du mich verführen, fragst du.

Daß ich nicht lache!

Mit einem Türken verheiratet.

Soll ich das als Drohung verstehen? – Ich lache noch mehr.

Sibel, du bist mir begegnet... deinem Schicksal!

Das ist dein Verhängnis. Ich mache mit dir, was ich will.

Was das sein wird?

Wie naiv – ich bin Don Juan. Das bedeutet nichts Gutes für dich. Und Don Juan, der Poet, hat es ungleich leichter als Don Juan, der Verführer. Kein Werben, keine falschen Liebesschwüre, um ans Ziel zu kommen. Der Poet verfügt, so soll es sein, und so ist es.

„Ich liebe dich", wirst du sagen.

Das ist die Unterwerfungserklärung. Dann folgt der Akt. Danach bist du aus Leben und Erinnerung Don Juans verschwunden.

Weißt du das?

Egal – „ich liebe dich", wirst du sagen.

„Du liebst mich?" fragt Don Juan.

„Ja", sagst du.

Sagst es und gibst dich dem Glauben hin, Don Juan vollzieht den Akt selbst.

Ha, das war einmal. Der Mühe unterzieht er sich nicht mehr.

Außerdem – der Akt als Liebesbeweis... heutzutage...

Und Liebesbeweis?

So siehst du die Sache.

Für mich ist sie etwas anderes, das weißt du.

Nein, du *weißt es nicht. Ich sprach mit einer anderen Frau darüber, einer Bekanntschaft aus alten Zeiten. Egal, der Akt ist der Akt der Unterwerfung, darüber hinaus nichts. Die muß selbstverständlich eine vollständige sein. Und sie ist nur dann eine vollständige, wenn die damit verbundene Demütigung eine vollständige ist.*

Ach, Sibel, es gibt dich... gibt dich als Wirklichkeit in Zeit und Raum. Nur wen interessiert das Nichtige dieser Wirklichkeit und die Nichtigkeit dessen, was du wirklich bist.

Als literarische Figur wirst du gleichsam neu erschaffen. So erschaffen, daß du plötzlich etwas darstellst. Herausgetreten aus deinem anonymen Leben in den Brennkreis eines Interesses und einer Bedeutung sogar.

Dafür existierst du nicht mehr aus dir selbst.

Wie auch?

Du bist die Marionette, an deren Drähten ich ziehe.

Ich – *die vollkommene* Macht!

Ja, Don Juan ist am Ziel!

Sein alter Wunschtraum ist endlich erfüllt, darum ist er Poet geworden.

Doch jede Sache hat ihren Preis... stets die gleiche schmerzhafte Erfahrung.

Als Poet muß Don Juan eine Persönlichkeitsspaltung aufweisen, eine multiple sogar, weil er neben der einen Persönlichkeit, die er seiner Annahme nach ist, noch so viele andere, und nicht allein fiktive, noch sein muß.

Viele zerbrechen daran oder sind daran zerbrochen.

Fritzchens Idol zum Beispiel: Friedrich H. – H. wie Hölderlin.

Doch war das wirklich dessen Verhängnis? Ist er nicht einfach nur seines Gefühlswustes nicht Herr geworden?

Ha, platonische Ideale, eine platonische Liebe gar!

Nein, nein.

Es ist schon so: die Verwirrung des Geistes beginnt mit einer exzessiven Hingabe an altruistische Gefühle.

Ich weiß, warum ich mich in rationalen Welten bewege und in sonst keinen.

Dennoch – es braucht zu dem Geschäft sehr gefestigte innere Anlagen, um nicht zu zerbrechen.

Und du, Rani... kleine Rani am anderen Ende der Welt. Hinter Unsicherheit und deiner scheuen Zurückhaltung flammt ein Feuer... das einer unterdrückten Begehrlichkeit bei offenkundiger Tagträumerei. Du bist zwar verlobt, doch dein Sinnen, deine Sinne gehen auf anderes. Ich spüre es sehr wohl. Die Augen verraten dich, die auf mir ruhen und sich noch einen Moment an mich klammern und dann weghuschen, wenn mein Blick dich streift.

Ja, komm nur nach Deutschland.

Und ob du kommst oder nicht, auch du bist mir bereits begegnet. Dein Schicksal liegt ebenfalls in meiner Hand. Ich will nachdenken, ob ich ausnahmsweise einmal gnädig bin.

Natürlich bin ich nicht so verblendet, um nicht zu erkennen, daß das Feuer des Begehrens weniger für den alten Don Juan als für die bisher so erfolgreich überlegene Rasse und Kultur, deren Repräsentant ich in deinen Augen bin, entflammt ist.

Und wer weiß...

In Jakarta im Supermarché ‚Carrefour':

„All women and girls are looking at you", sagt Unang.

„Really?"

„You don't see it?"

„No."

„Keep an eye on it."

„Mama, you are –!" ruft Rani.

„And no wonder, you look like an american movie star."

Jetzt achtet er darauf – o ja, der Zauber wirkt noch, der Don Juan-Zauber!

Er setzt sein bewährtes, nur eben angedeutetes Lächeln auf, doch so, daß sich schon Fältchen um die Augen bilden und sie (die Augen) scheinbar mitlächeln.

Und die, die er anblickt mit den scheinbar lächelnden Augen, lächeln zurück. Unsicher, scheu die einen... offen, verblüffend offen, geradezu einladend offen die anderen. In die Breite gezogener Mund, geöffnete, lockende Lippen, entblößte Zahnreihen, weiß schimmernder Schmelz, Lachgrübchen um die Mundwinkel. Mit ahnungsvoll verschleierten oder keck blitzenden Augen – ja, sie, sie! Die eine Schöne auserwählt unter vielen Schönen für den Moment des Blickkontakts, sich dessen bewußt – gestraffter Körper, die Brust gehoben, federnder Gang oder schlendernde Lässigkeit, triumphierender Blick zu den Geschlechtsgenossinnen: seht, ich, ich –!

Ja, sie funktioniert noch, die Don Juan-Magie.

Und doch macht er sich nichts vor. Er weiß, daß der Zauber nicht wie früher unmittelbar durch ihn selbst bewirkt wird, sondern auf einen Bonus zurückgeht – den des weißen Mannes. Don Juan, der weiße Europäer, ja, ja.

Doch bitte mit allem, was Europa meint – mit allem!
Nur davon wißt ihr nichts, ihr Schönen in Jakarta.
Europäer sein, heißt für euch glücklich sein. Zumin-
dest alle Voraussetzungen dazu zu haben.
Im ,Supermarché' flanieren zu dürfen, ist euch in all
dem Elend sonst wie ein eingelöstes Versprechen auf
eine bessere Welt.. Und ,Weiß' ist in dem Zusammen-
hang das größte Versprechen überhaupt.
Darum ,whitener'-Creme für die dunkle Haut und
Sonnenschirm über dem Kopf bei jedem Schritt ins
Freie.
Den Bonuseffekt sieht der alt gewordene Don Juan,
natürlich sieht er ihn. Darf er sich nicht dennoch ge-
schmeichelt fühlen angesichts seiner Wirkung auf jun-
ge, oft sehr schöne Frauen?
Und so strafft er sich ebenfalls und kriegt seinen ge-
wissen schlenkernden Gang. Das Lächeln wird eine
Spur deutlicher… hin zu selbstgewisser Überzeugtheit
mit noch mehr ausstrahlender Magie.
O, grauer Don Juan, du alter, unverbesserlicher Geck.
Ach –!
Und dann am Strand.
Scharen von Mädchen auf ihn zu. „Sir, Sir! Photo,
please!"

Ja, der alte Don Juan am javanischen Strand – eine Traube muselmanischer Mädel in weiter Kleidung dicht um ihn gedrängt. Er umfasst sie mit seinen Armen... umfasst so viele er nur kann, drückt sie noch enger an sich. Schnattern, Gickern, Kreischen. Durch Stoff hindurch spürt er Schenkel, Hüften, junge Brüste – und wenn es ihm nur besser ginge – doch nein, nein. Ha, wie wäre er früher dazwischengefahren, wie der Fuchs in den Hühnerhaufen!

*

Am Frühstückstisch.

Er beachtet sie nicht, spricht nicht mir ihr, kein Wort, sieht sie nicht an.

Ihm ist hundeelend, einfach nur elend. Welch Monster er ist!

Der ‚Hose-runter'-Kerl sagt etwas, irgendetwas über Frauen, darauf er: „Du gehst zu Frauen? Vergiß die Peitsche nicht."

Der Kerl lacht los, laut, steigert sich immer mehr in eine Lachtrunkenheit hinein, hysterisch schon: „Toll, toll, total toll… hast du toll gesagt!"

„Ist nicht von mir."

„Nicht? Wer sagt das?"

„Nietzsche."

„Den kenn ich nicht. Kennst du Kaya Yanar?"

„Wer ist das?"

„Wer ist das!" Er wendet sich ihr zu, die links neben ihm sitzt. „Sibel, er fragt, wer Kaya Yanar ist. Der weiß nicht, wer das ist! Sag's ihm!"

Sie sitzt vor ihrem Teller und schaut nicht auf und schweigt.

„Mensch... ein türkischer Comedian! RTL... SAT 1, PRO 7... auf allen Kanälen! Der hat auch ein Buch geschrieben. Ich kann's dir geben, ich hab's hier... nicht ich, ich hab's von Sibel. Darf ich's ihm geben? Ich hab's durch."

Sie hat aufgehört zu essen und starrt weiter vor sich auf den Teller. Jetzt steht sie auf und geht aus dem Raum.

„Was hat die denn? Hab ich was Verkehrtes gesagt? Oder gemacht? Egal, du kennst den wirklich nicht? Ich find den gut. Wie schreibst du denn? Auch so wie der? Dann würd ich was von dir lesen."

*

Don Juan mit ihr auf KiK-Tour, ja, ja...
Dann zurück in der Klinik.
Im Gemeinschaftsraum... Danni kommt. „Wo wart ihr?"
„Bei KiK", sagt sie.
„Ooch..."

171

„Was ooch, du hattest Therapie."

„Und?"

„Ich hab ein bißchen gekauft."

„Was?"

„Eine Bluse, einen Pulli."

„Und einen Slip und BH", sagt er.

„Ja, da guckt ihr Kerle", sagt Danni.

„Einen schwarzen."

„Ja, ja."

„Sie wollte mir nicht sagen, welche Körbchengröße sie hat."

„Mußt du auch nicht wissen."

„Ich hab sowieso mehr."

Danni grinst. „Was? Körbchengröße?"

„Ich hab keine Möpse, ich brauche keine Körbchen."

„Was dann?"

„Brustumfang." Er sieht beide an. „Ich hab den größ-ten Umfang, dann kommt Sibel und dann du."

„Nein, ich hab mehr als sie", sagt Danni.

„Glaube ich nicht."

„Doch." Danni sieht an sich herunter, starrt Sibel auf die Brust.

„Dann müssen wir messen", sagt er.

„Ja, wir messen."

Er geht zum Stationszimmer, fragt nach einem Maß-
band und kriegt eins.

„Normal atmen, nicht tief... das ist gemogelt", sagt
er. „Und Arme herunter, nicht über Kopf."

Er geht zu ihr. Sie hebt die Arme etwas. Er legt das
Maßband hinter ihrem Rücken herum und sagt: „Laß
die Arme wieder runter", führt es über ihrer Brust zu-
sammen, der linken, etwa an der Stelle, wo die Brust-
warze ist, zieht und rückt noch ein wenig, immer so,
daß einige seiner Fingerspitzen ihre Brust berühren.
Sie hält still, will an sich herunterschauen, er sagt:
„Nicht, bleib gerade stehen, schau gerade aus"... und
sie lächelt. Er nestelt noch etwas, schaut auf das Maß-
band, sagt: „Dreiundneunzig."

Dann gibt er ihr das Maßband und hebt die Arme. Sie
legt es ihm ebenfalls hinter dem Rücken herum, führt
es in der Mitte auf der Brust zusammen, sagt: „Laß
die Arme herunter", schaut und sagt: „Hundertzehn".
Sie will ihm das Maßband zurückgeben.

„Nein, mach du", sagt er.

Sie mißt bei Danni und muß sich etwas vorbeugen.
Danni atmet tief ein. Sie lacht und sagt: „Das gilt
nicht, du mogelst." Danni atmet aus und grinst wieder
und sie sagt: „Fünfundneunzig".

„Siehst du, hab ich doch gesagt", sagt Danni

*„Du hast nur mehr, weil du im Kreuz breiter bist",
sagt er.*

Er betrachtet wieder beide nacheinander.

„Sibel hat größere Möpse als du, ich seh das doch."

Ja, die schlanke Sibel, die drei Kilogramm zugenommen hat, weil sie nicht mehr allein ist.

*

Was soll das alles?

Ohne innere Anteilnahme, gewohnheits-, reflexmäßig fast.

Alte Spielchen.

Erinnerungen werden vielleicht wach.

Ha, Erotik aus der Erinnerung gezogen, nicht aus der Gegenwart. Dennoch Auslöser von alten Verhaltensweisen – und sie geht darauf ein, spielt das Spiel mit. Von wegen „mach dir keine Hoffnung".

Wenn er noch das frühere Wollen hätte, wäre sie schnell herum. Doch so – xfach abgespulte Muster, lässiges Grinsen als Zeichen überlegener Distanz... nein, nein, wozu?

Die Zeiten sind vorbei.

Du siehst mit erbarmungslosem Blick. Siehst das KiK-Mädchen.

Mit dem billigen Geschmack.

In all dem Modefummel drum herum sie selbst wie mit einem Preisschildchen versehen.

Was ist da begehrenswert?

*

Und sie hat ihren Krams.

Ja, deine periodisch blutende Wunde im Schritt.

Jeden Monat aufs Neue seid ihr an eure Bestimmung, ob ihr wollt oder nicht, ob ihr ihr nachkommt oder nicht, gemahnt: Weib sein, Kinder gebären.

Don Juan will keine Kinder. Sie stehen allen seinen Ansprüchen im Wege. Er ist kein Feind des Lebens, nein, das nicht. Er ist sozusagen das Ego *und gleichzeitig ein* Anti *des Lebens, das wie ein großer Baum mit seinem Schatten jedes von unten nachsprießende Leben unterdrückt – der selbstsüchtige Usurpator des Lebens halt.*

Eure Wunde – Born der Unersättlichkeit, die mit jedem Akt Hunderte von Millionen Spermien verschlingt... Spermien, männliches Leben doch! O, weibliche Unersättlichkeit und Maßlosigkeit, die du dann x-Milliarden Zellen neuen Menschs in dir entstehen läßt und durch diese Wunde in das Leben wirfst. Weibliche Grausamkeit, Furcht machende, grauenvolle Bedenken- und Rücksichtslosigkeit!

Ja, Don Juan hat Angst vor euch.

Und kein Vertrauen in euch.

Er hat eine Rechnung mit euch offen, eine Ur-Rechnung sozusagen, die ihr nie beglichen habt und nie begleichen werdet.

Don Juan will euch – ihr *wollt das Kind.*

Das Kind!

Was bedeutet euch schon der Mann.

Das ist die uralte Schuld.

Darüber fordert Don Juan Rechenschaft von euch.

Gut, ihr verweigert sie. Also verschafft er sich Genugtuung auf seine Art, die Don Juan-Art. Eine ersatzweise Genugtuung, eine Rachegenugtuung gewissermaßen.

Und Forderung?

Ja, Forderung!

Wessen Forderung?

Tut nicht so. Ihr wißt, wessen Forderung – und was sie beinhaltet.

Liebe mich, ist die Forderung. Ich selbst liebe dich nicht, doch du mußt mich lieben.

Ha, verdammte Illusion das, ich weiß doch. Ihr seid nicht gemacht, den Mann zu lieben.

Diese weibliche Bekanntschaft aus früheren Zeiten, die einsichtsvolle Donna – wie war ihr Name noch? – hat es mir indirekt gestanden: sie haßt Männer nicht,

hat sie gesagt. Ja, es ist so, nur euch selbst liebt ihr.
So wie der Mann in seiner Lust nicht euch, sondern
sich selbst nur liebt.
So ist sie beschaffen, die Welt von Mann und Frau.
Was für eine Welt, nicht wahr!
Und wie kann sie bei solcher Beschaffenheit anders
aussehen als sie tatsächlich aussieht!
Wie, wie –!
Eine verlorene Welt, von Grund auf verloren.
Don Juan ist der, der das erkennt und nicht allein er-
kennt, sondern der diese Beschaffenheit anerkennt.
Sich sogar zu ihr bekennt und sein Leben nach diesem
Bekenntnis lebt*! Ohne Wenn und Aber, im Gegenteil in*
freudiger Hingabe.
Nein, Freude ist nicht dabei.
Wie kann in einer solchen Welt Freude sein, eine über-
haupt nur denkbar sein.
Unschuldige, hingebungsvolle Freude.
Nein, Lust –!
Er lebt sein Leben in Lust... und selbst das ist nicht
richtig.
Er möchte *es in Lust leben, in einer einzigen Abfolge*
von Lust. Mehr als ein zwanghaftes Bemühen ist es
nicht.

Sei's wie es sei – Lust ist die mehr oder weniger böse geratene Schwester der Freude. Böse vor allem, weil sie schäbig genug ist, sich dem Lüstling anzudienen – in aller Regel auf Kosten anderer.

Freude geht zu niemandes Kosten. Im Gegenteil, sie ist so reich, daß sie außer dem freudig Bewegten noch anderen von sich zu schenken und zu geben vermag.

Ach, ich merke, ich verliere mich im Theoretisieren. Ich sollte das bleiben lassen. Aus der Wirklichkeit meines Lebens kenne ich die Erfahrung der Freude nicht. Ich stelle mir vor, daß sie so ist. Mehr kann ich dazu nicht sagen.

Und was befasse ich mich mit Dingen, die mich nichts angehen oder an denen ich keinen Anteil nehme!

Ich bin Egomane und sollte es bleiben und mich um nichts anderes kümmern. Die Attitüde des wohlwollen den, aber fehlgeleiteten Bemühens geht zu folgerichtig und schnell in das Bild entstellender Lächerlichkeit über. Das muß ich mir mit meinen Jahren nicht antun. Ein gewisser Anspruch auf Würde, ein nach außen zumindest vorgetragener und behaupteter sollte der Anzahl Jahre, die man hat, Rechnung tragen.

Ja, Don Juan hat Würde.

Nicht vor sich selbst, natürlich nicht, dafür kennt er sich zu gut. Von anderen allerdings muß er Respekt und Achtung seiner Würde einfordern, sonst kann er seine Rolle mit Überzeugung nicht mehr spielen.

Das nämlich ist der Grundcharakter seiner Existenz: er ist eine literarische Figur, nicht nur der Entstehung, sondern ihrem Wesen nach. Er hat eine Rolle zu spielen, vor sich und anderen.

Tut er es nicht, ist es mit ihm vorbei – in jeder Hinsicht.

Genau genommen ist er sogar eine vorweggenommene virtuelle Existenz. Eine anscheinend nur scheinbare Seinsform, jedoch von höchster Realität und Wirkmächtigkeit, wie das allen virtuellen Existenzen heute zu eigen ist.

Don Juan ist die Vision und Vorwegnahme der jeweils modernsten Moderne.

Ich bin stolz auf mich.

Und daß ich das Resultat umfassendster Unterdrückung bin, ist kein Widerspruch dazu. Don Juan ist vielmehr das logische Ergebnis, das geistige - geistige! *– Drangsal nach sich zieht: ich bin die Mensch gewordene Unnatur – oder besser: der Unnatur gewordene Mensch. Am treffendsten: der Mensch in seinem schlechtesten Menschsein, in seinem Kretinsein, Mensch-nur-Menschsein – der Mensch, welcher der Natur abhanden gekommen ist.*

Und stolz oder nicht stolz, ich bin, wie ich bin. Und bleibe so. Vergangenes schert mich nicht. Zukünftiges noch weniger.

Ich deutete es schon einmal an: ich bin der Gegenwartsmensch.

In jeweiliger Gegenwart erfüllt sich mein Leben. Genauer: im jeweiligen ‚Lust'moment.

Glück kommt darin nicht vor, natürlich nicht. Der minimalen Zeitdauer eines Moments wegen nicht und grundsätzlich sowieso nicht. Ein Phänomen wie das Glück mag etwas für Enthusiasten sein. Ich bin kein Enthusiast. Ich bin ernüchterter Beobachter und hin und wieder gelangweilter Sadist.

*

„Was gibt das, einen Roman?" fragt sie.

„Ich weiß nicht, es kommt darauf an."

„Worauf?"

„Auf dich."

„Ach ja."

„Vielleicht eine Erzählung. Ich weiß nicht, wieviel Stoff am Ende da ist."

„Und wie soll es heißen?"

„Sibel natürlich."

„Das geht nicht."

„Warum?"

„Da weiß man sofort, wer gemeint ist."

„Meine Bücher werden nicht gelesen. Niemand wird wissen, daß es das Buch gibt, und dann weiß auch niemand…"

„Trotzdem."

„Hast du noch einen anderen Namen?"

„Nein."

„Dann müssen wir einen erfinden. Was hältst du von – Helena?"

„Helena?" – Sie lacht.

„Du bist schön wie Helena. Ich hätte aber noch einen besseren: Diotima."

„Warum ist der besser?"

„Er steht für die tiefste und reinste Liebe, die man sich denken kann."

„Ach ja."

„Unergründlich sich verwandt, hat sich, eh wir uns gesehen, unser Innerstes gekannt."

„Wie?"

„Das ist aus einem Gedicht."

„Was für ein Gedicht?"

„Von einem deutschen Dichter, der vor zweihundert Jahren gelebt hat – Hölderlin. Hast du von ihm gehört?"

„Nein."

„Er hat das Gedicht für eine Frau geschrieben, die er sehr, sehr geliebt hat und sie ihn auch, aber sie war verheiratet mit einem reichen Mann... und war sozusagen seine Chefin. Er war der Lehrer ihrer Kinder."

„Und die hieß Diotima?"

„Nein, nicht richtig."

„Was ist das für ein Name?"

„Auch ein griechischer."

„Griechisch? – Ich bin eine Türkin!"

„Nur für das Buch."

„Soll ich im Buch eine Griechin werden?"

„Nein."

„Eine Türkin mit griechischem Namen? Wie soll das gehen?"

„Deine Mutter ist im Buch Griechin. Dein Vater ist Türke. Und du hast zwei Vornamen, einen türkischen und einen griechischen: Sibel und Diotima. Diotima ist dein Rufname. Außerdem ist Sibel urspünglich ebenfalls ein griechischer Name... eine altgriechische Göttin und Wahrsagerin hieß so."

„Eine Griechin und ein Türke, das geht nicht."

„In einem Roman geht alles."

„Wenn du meinst. Diotima – das hört sich ganz gut an. Hat das eine Bedeutung?"

„Ja."

„Und was?"
„Gottehre."

*

Hm, ‚movie star'... ‚american'...
‚German' tut es für euch vermutlich auch, hört sich vielleicht noch besser an, reinrassiger sozusagen. Der nordische Europäer als idealtypischer Vertreter des hellhäutigen Menschenschlages, der mit der geringeren Pigmentierung der Epidermis den umso erfolgreicheren Lebensertrag gewährleistet.
Ja, ihr Schönen in Jakarta, das haben euch dreihundertfünfzig Jahre Kolonialgeschichte und mehr noch unzählige Hollywood-Produktionen gelehrt, nicht wahr?
Hollywood-Fiktionen, Imaginationen der profanen Art, denen ihr dennoch anhängt wie einem religiösen Glauben. Und nicht ihr, die Opfer, allein. Die auf der anderen, der Täterseite des Spektrums der Kolonialgeschichte ebenso. Nicht gerade mit Albinismus als Ideal – sie sind *Albinos –, doch im übrigen in der Gleichartigkeit der Einstellungen austauschbar.*
Eine universale Stupidität.
Stupide aller Länder, vereinigt euch!

So lautet die moderne Version eines überlebten Klassikers – in der universalen Kongruenz universaler, materiell-profaner Sehnsüchte.

Egal, ihr habt eure Ideale. Mittlerweile wirklich weltweit (folglich müssen es die richtigen sein) und gleichzeitig habt ihr eure Idole.

Don Juan?

Ja, weiterhin – doch bestenfalls als ‚movie star' ist er noch zeitgemäßes Frauenidol.

Und Kolonialgeschichte ist die Geschichte von Gewalt und Machtausübung in ihrer unverstelltesten, reinsten Form. Von naivster Unschuld, von reinstem Gewissen getragen, möchte es scheinen, wie sie sich so in all ihrer Brutalität und Inhumanität zur Schau stellt. Sie ist gleichzeitig die Geschichte der Christianisierung großer Teile der Welt welch Zufall!

Und ist das die gleiche naive Unschuld, mit der die Natur in all ihrer scheinbaren Brutalität und Inhumanität waltet? – Der naiv unschuldige christliche Mensch also das Werkzeug der naiv unschuldigen Natur?

Nein, ein so furchtbar schuldiger Mensch!

Weil eine Moral ist, die er sich selbst gegeben hat – im Namen eines Gottes.

Eine Moral, die ihm verbietet zu tun, was er tut.

Und darum schuldig.

Als blutbesudelter weißer Herrenmensch.

Und ungleich schuldiger noch als Verkünder dieser heuchlerischen Moral und ihres Gottes. Er versteht sich schließlich als sein, *des Gottes Werkzeug, und nicht als das der Natur. Zum höheren Ruhme dieses Gottes und – nebenbei, doch nicht ganz unbedeutend – zur Mehrung von Profit.*

Herrenmensch und Gott und Profit?

Natürlich!

Don Juan und Gott und Profit?

Natürlich!

Herrenmensch und Sex und Profit?

Natürlich!

Herrenmensch und Kapital und Profit?

Natürlich!

Herrenmensch und Gott und Don Juan und Sex und Kapital und Profit?

Natürlich!

Und was so viel Gerede – alles zusammen bündelt sich in einem Begriff: MACHT!

Gott hat in dem Machtspiel seine Bedeutung verloren, dafür ist die von Sex und Kapital umso größer geworden. Diese beiden versprechen in der so bisher nie angestrebten, nun aber geglückten Verschmelzung den höchsten nur denkbaren Profit und werden die Menschheit zu noch ungeahnten Höhenflügen führen.

Natürlich bin auch ich durch Geburt sozusagen bereits ein Privilegierter, ein gesellschaftlich und materiell Bessergestellter, der ohne entsprechende Kapital- und Eigentumsbasis nie den Lebensstil hätte pflegen können, wie ich ihn gepflegt habe. Das war mehr zufällig so, eine glückliche Koinzidenz von Gegebenheiten, die sich in meiner Person trafen.

Was mir noch völlig fehlte, waren ausgeklügelte Strategien, die aus Zufälligkeiten geradezu Gesetzmäßigkeiten machen. Wo ja mittlerweile erwiesen ist, daß der Fortschritt im strategischen Denken den Fortschritt der Menschheit insgesamt belegt wie nichts anderes.

Ja, Kapital + Sex + Strategien = glückliche Welt.

O, glückliche Welt!

*

„Ich verstehe deutsche Frauen nicht", sagt sie.

„Warum?"

„Sie machen dauernd mit Männern rum. Dann heiraten sie irgendwann einen oder auch nicht, auf jeden Fall lassen sie sich ein Kind machen und bei Bedarf scheiden... und der Mann soll zahlen. So reden sie."

„Ja?"

„Ja, meine Kolleginnen und auch sonst. Was sind das für Frauen?"

„Das sind…"

„Fritzchen, laß mich bitte antworten. Was du sagst, weiß ich vorher, das ist langweilig. Darf ich? Natürlich nur in Gedanken, sie würde sich sonst erschrecken. Über alles, was ich sage oder denke, würde sie sich vermutlich zu Tode erschrecken. Das wollen wir nicht, oder? Was ich jetzt sage, kannst du in den Roman aufnehmen. Mit deinen Aufzeichnungen will ich sowieso nichts zu tun haben."

„Ja –?" fragt sie.

„Das sind Schlampen."

„Stimmt, viele Türken denken, deutsche Frauen sind Schlampen. Türkische Frauen sind nicht so."

„Noch nicht."

„Wie meinst du das?"

„Türkische Frauen in Deutschland sind schon ganz anders als die meisten Frauen in der Türkei, oder?"

„Ja."

„Würdest du in die Türkei zurückgehen und dort leben wollen?"

„Ich bin hier aufgewachsen."

„Würdest du?"

„Mein Mann sagt manchmal, er will zurück."

„Und du?"

„Ich nicht."

„Siehst du."

„Was?"

„Als Frau hat man hier mehr Freiheit, nicht?"

„Ja."

„Natürlich, und noch ein bißchen weiter, dann habt ihr all die ‚Freiheiten' wie deutsche Frauen auch."

„Das sind Freiheiten."

„Die nennen es so."

„Wer?"

„Die Frauen selbst und dann jeder, der damit sein Geschäft macht. Du lebst hier doch ganz anders als eine Frau in Anatolien, oder? Du..."

„Unsere Familie kommt aus Anatolien, ganz aus dem Osten, nicht weit von der syrischen Grenze."

„Würdest du dort so leben können wie hier?"

„Nein, überhaupt nicht."

„Eben, dein Leben ist hier so, daß viele damit ihr Geschäft machen können. Du hast einen Führerschein und ein Auto, du gehst ‚shoppen'... oft ‚shoppen', wie du sagst, triffst dich mit Freundinnen, wann und wo du willst, gehst mit ihnen ins Kino oder Café – das ist Freiheit, nicht?"

„Ja."

„Klar, türkische Männer in Deutschland können ihre Frauen nicht mehr so an die Kandare nehmen wie in der Türkei irgendwo auf dem Land."

„An die Kandare? Was ist das?"

„Das ist das Eisen, das man Pferden ins Maul gibt, um sie zu lenken und zu zügeln."

Sie lacht.

„Warum lachst du?"

„Ich stell mir das gerade vor, so eine… Kandare, ja? Quer im Mund."

„Ja, du lachst, aber so lief das und so läuft das noch immer: zügeln und lenken. Nur die Methoden haben sich geändert. Die Kandare heißt jetzt ‚Freiheit'. Und versteh das nicht falsch, den Islam gibt es nur, weil Männer Angst vor Frauen hatten und sie an die Kandare nehmen wollten. Bist du gläubig? Geht ihr in die Moschee?"

„Kaum. Wir haben unsere Feiertage, in die Moschee gehen wir selten."

„Das ist ja nicht nur im Islam so. Bei den Juden und Christen ist es nicht anders. Männer hatten Angst vor Frauen und sie trauten ihnen nicht. Und dann haben sie sich was ausgedacht."

„Was?"

„Zum Beispiel, daß die Frau weniger wert ist als der Mann. Eva ist aus einer Rippe Adams gemacht, so steht's in der Bibel."

Sie lacht erneut. „Aus einer Rippe? Blödsinn!"

„So steht's da, und die Menschen haben es geglaubt und danach gelebt."

„Heute doch nicht mehr, heute..."

„Heute sind Frauen frei, ja? – Das sind Ersatz,freiheiten', versteh das doch! Bei Naturvölkern, wo es noch alte Stammeskulturen gibt wie da und dort in Afrika, sind Frauen wirklich frei. Die Ehe und all das Brimborium, mit dem das Zusammenleben von Männern und Frauen bei uns und bei euch geregelt ist, gibt es da nicht. Eine Frau nimmt sich einen Mann, und wenn sie ihn nicht mehr will, einen anderen. Das mögen Männer nicht, das verletzt ihren Stolz. So springt man mit starken Männern nicht um; und um sich wirklich stark zu machen diesen launischen, unberechenbaren Frauen gegenüber, erfinden sie einen Gott, der sagt: Das Weib sei dem Manne untertan."

Sie schüttelt den Kopf. „Ist das so bei euch?"

„Bei euch noch mehr."

„So was steht nicht im Koran."

„Dann steht's da anders, aber es meint das gleiche. Glaub mir, viele Religionen, vor allem die großen in

der Welt sind der geglückte Versuch von Männern,
Frauen an die Kandare zu nehmen."

„Warum? Warum wollen sie das?"

„Ich hab's schon gesagt, sie haben Angst vor euch.
Ihr habt Macht über sie. Ihr seid faszinierend und
böse zugleich."

„Böse? Wo sind wir böse?"

„Männer sehen euch anders, als ihr euch selbst seht."

„Macht… böse – ich begreife das nicht."

„Frauen können das nicht begreifen. Sie nehmen
Männer ganz anders wahr als wir Frauen."

„Ja?"

„Ja, und man muß auch nicht unbedingt böse sagen.
Sag statt böse fremd, unerklärlich… etwas, das man
nicht versteht. Das ist immer etwas, das Angst macht.
Soviel Angst vielleicht sogar, daß man es vernichten
muß."

„Meinst du töten?"

„Ja, töten. Wieviel Frauen sind als Hexen getötet wor-
den – Zehntausende, vielleicht Hunderttausende!
Weißt du das nicht?"

„Nein. Hunderttausende? Das ist ja schrecklich."

„Ja, schrecklich – und warum töten Männer Frauen?
In so großer Zahl… und mit System?"

„Ist das wirklich geschehen?"

„*Ja.*"

„Das hat es im Islam nicht gegeben."

„*Der Islam hatte es nicht nötig, es zu tun.*"

„Warum nicht?"

„*Ganz einfach: das Weib sei dem Manne untertan! Mit diesem Gebot haben Gott oder Allah höchstpersönlich den Frauen die Kandare angelegt. Der Unterschied ist: im Islam werden Frauen weiterhin gezwungen, sich daran zu halten, im Christentum schon lange nicht mehr.*"

„Ach, was du redest."

„*Du scheinst vergessen zu haben, wie Frauen sich in islamischen Ländern kleiden müssen.*"

„Meinst du das Kopftuch?"

„*Mehr die Burka.*"

„In der Türkei muß man die nicht tragen."

„*Aber dafür in vielen anderen muslimischen Staaten, wo es einen wie Atatürk nicht gegeben hat.*"

„Ja, Atatürk..."

„*Und was meinst du, warum die muslimische Tradition von Frauen verlangt, ihre Weiblichkeit zu verbergen – Figur, Gesicht, Haare... alles?*"

„Damit die Männer auf keine dummen Gedanken kommen."

„*Und wenn Frauen auf dumme Gedanken kommen?*"

„Dann..."

„Ja?"

„Ich weiß nicht."

„Dann werden sie gesteinigt. Im Yemen oder Saudi-A-rabien und wo sonst noch."

„In der Türkei nicht."

„Nein, in der Türkei nicht mehr. Da werden sie viel-leicht von einem Bruder oder dem Vater umgebracht."

„Das gibt es in Deutschland auch."

„Nein, da ist es der Ehemann oder Liebhaber... und die Gründe sind andere, ganz andere. Aber ,dumme Gedanken' – so kann man es auch ausdrücken."

„Wie sonst?"

„Das hatte ich dir schon gesagt."

„Ach, ich verstehe das alles nicht."

Wie auch, du türkisches Gastarbeiterkind. Fremd die-ser Kultur und ungebildet obendrein. Hattest noch nie von mir gehört, geschweige, daß du weißt, wer oder was ich bin.

Du, Dummerchen, du.

*

„Der Vergleich mit Casanova bei Ihrem letzten Be-such hat mir zu denken gegeben. Ich weiß, ich werde häufig mit ihm verglichen oder verwechselt sogar, doch meist von unwissenden, ungebildeten Menschen.

Darum trifft es mich nicht zu sehr. Aus Ihrem Mund allerdings…

„Verzeihen Sie, der Vergleich bezog sich nur darauf, daß auch Sie, Ihrer eigenen Aussage nach, Poet geworden sind. Ich will Ihnen keineswegs zu nahe treten; und dürfte es vermutlich auch nicht, ohne den Charakter Ihrer Besonderheit in Frage zu stellen."

„Ganz recht. Der Charakter meiner Besonderheit, das haben Sie sehr gut erkannt und noch besser formuliert. Sehen Sie, Casanova ist eine authentische Gestalt des wirklichen Lebens mit allen Einschränkungen auch, wie sie das Leben Menschen auferlegt. Der nicht unwesentlichen unter anderem, daß er sterblich ist – und tatsächlich ist er ja schon seit langem von uns gegangen."

„Allerdings."

„Ich hingegen bin eine Kunstfigur, mehr noch eine künstliche, die es sich hat gefallen lassen müssen, in unzähligen Bearbeitungen in immer wieder neuen Abwandlungen in Erscheinung zu treten. Doch in welcher Gestalt auch immer, ich bin die Symbolfigur einer bestimmten Wirklichkeit, die als gemeinsame Wirklichkeit all denen, die sich an mir versucht oder vergangen haben, zu eigen ist."

„Sie erwähnten das bereits, ja."

„Ja, aber es wird Ihnen obliegen, Charakter und Art dieser Wirklichkeit nicht allein als solche nur zu bestimmen, sondern möglicherweise auch an sich selbst zu entdecken. Das könnte auf ein Selbsterkennen hinauslaufen und damit gefährlich werden. Nein, nicht gefährlich, ich hoffe – heilsam. Für Sie und für mich. Damit ich endlich zur Ruhe komme und Ruhe auch finde vor allen, die sich sonst zukünftig an mir vergehen könnten".

„Sie erstaunen mich."

„Warum?"

„Don Juan und Sehnsucht nach Ruhe."

„Ich glaube, ich sagte es bereits, legen Sie bitte nicht alles auf die Goldwaage, was ich von mir gebe. Bei all der Widersprüchlichkeit..."

„In der Tat, Sie machen es einem nicht leicht, an Ihnen etwas ganz und gar Festes und Unverwechselbares zu erkennen."

„Wenn Sie darauf aus sind – das einzig Unverwechselbare ist meine Widersprüchlichkeit. Mehr habe ich nicht zu bieten. Im übrigen bin ich nicht widersprüchlicher als die Lehre, der ich ausgesetzt war – dazu der viele Weihrauch in meiner Jugend... nun, Sie wissen Bescheid."

„Ich versuche es mir vorzustellen."

„Wie alles Fiktive bin ich, so scheint mir, eine Abstraktion und gleichzeitig eine Konkretisierung in der Gestalt eines Möglichen und Vorstellbaren, das so in der Wirklichkeit nicht ist, aber doch sein könnte und darum irgendwie einen Bezug zu ihr hat – und auch nicht."

„Die Wirklichkeit selbst aber ist da?"

„Natürlich... und welche es ist und wie sie aussieht, hatte ich gesagt."

„Können Sie es noch einmal wiederholen?"

„Es ist die Wirklichkeit des christlichen Abendlandes in seiner besonderen Ausprägung des spanischen Katholizismus. Des reinsten Katholizismus in seiner Machtblüte sozusagen, in dessen Reich die Sonne nie unter- bzw. beständig aufgeht."

„Und in dieser Polarisierung..."

„Ja, Polarisierung ist das richtige Wort. Der Allmacht der Heiligen Mutter setze ich meine Macht entgegen."

„Welche ist das?"

„Meine Triebkraft. – Triebkraft, die Leidenschaftlichkeit ist. Leidenschaft für mich selbst, Liebesleidenschaft, Leidenschaft zur Macht, was immer Sie wollen. Ohne sie geht nichts. Nicht im Guten und nicht im Schlechten, nicht im Schöpferischen, nicht im Destruktiven."

„Und was haben Sie damit erreicht?"

„Ich sage es rundheraus – Ihnen sage ich es: ich bin der spanische Martin Luther, der spanische Protestant! Nicht mit dem Aufruf zur Erweckung einer Innerlichkeit oder gar der Unterwerfung unter eine Gewissensverantwortung, ganz im Gegenteil – ha, Gewissen! Ich protestiere mit den Mitteln, die das System auch anwendet: Gewalt um Gewalt.

Damit unterscheide ich mich von Luther kaum. Nur was der halbherzig tut, tue ich ganz. Das ist meine Natur."

„Der spanische Martin Luther – ich muß sagen..."

„Ja, der spanische Martin Luther!

Ich bin eine geistesgeschichtliche, kulturhistorische und weltpolitische Größe von Lutherscher Dimension. Mit dem kleinen Unterschied nur, daß mein Protestantismus der A-Moral und Gewissenlosigkeit den Lutherschen Protestantismus in Wirksamkeit und geschichtlicher Bedeutung um Längen hinter sich gelassen hat."

„Ich muß sagen, ein sehr interessanter, völlig neuer Aspekt."

„Nicht wahr? Und darum: der Maßstab für die Veränderung der Welt auf dem Weg in die Neuzeit bin ich,

nicht Luther. Das mag man wahrhaben wollen oder nicht, es ist so. Oder zweifeln Sie daran?"

„Das kann ich aus dem Moment heraus nicht beantworten."

„Können es nicht oder wollen es nicht? – Egal, ich habe das widerliche Spiel der Macht sofort durchschaut. Der Grundansatz dabei: den jeweils Schwächeren finden... und wie ihn sich gefügig machen.
Ach, Frauen!
Dabei liegt alles nur an euch. Den Wert, den ihr euch gebt, den habt ihr. Kein Mann kann ihn euch nehmen, nur ihr selbst. Das sagt Don Juan.
Und der muß es wissen, bei dem so viele von euch sich als unwert erwiesen haben – Verzeihung, Sie vielleicht ausgenommen. Ich kann mich nämlich nicht erinnern, mit Ihnen das Vergnügen gehabt zu haben."
„Und wenn?"
„Sollte ich dann Reue und Bußfertigkeit zeigen? Erwarten Sie das von mir?
„Nein."
„Ha, Reue, Buße – allein diese Begriffe!
Die Dämonen sind noch immer in mir, die Dämonen der christlichen Religion. Wann komme ich in einen Zustand, daß ich von keiner Reue und Buße mehr weiß? O, es ist eine perfide und gleichzeitig perfekte

Lehre! Sie versteht es, Menschen in ewiger Schuld ge-
fangen zu halten. Der Kerker der Schuld... das A und
O der Pfaffenmoral, einer so satanisch verlogenen
Moral. Ach, die Moritat von Don Juan ist die Moritat
eines großartigen Erfolges – und ein jämmerliches
Zeugnis jämmerlichen Menschseins. Amen."

„Sie sind verbittert, scheint mir."

„Ich –?"

„Schuld, Reue, Buße... das ist das tragische Dreieck,
in dem der moralische Mensch sich bewegt. Zu vermutlich allen Zeiten, und in vermutlich allen Religionen."

„Mag sein."

„Aber –?"

„Die christliche Religion hat die Moralität der Men-
schen mißbraucht."

„Inwiefern?"

„Ich sagte es, sie unterwirft sie dem Fluch permanen-
ter, allumfassender Schuld, nicht dem einer konkreten
Einzelschuld. Eine Schuld, die – am wirksamsten noch
–Sexus und sogar Eros als Schuldbeladenheit mit ein-
schließt – als die Schuld überhaupt."

„Die Erbsünde?"

„Die Erbsünde, ja. Durch ihre Geschlechtlichkeit und
ihr geschlechtliches Verlangen sind die Menschen auf

immer und ewig mit Schuld beladen. – Sagen Sie, wer sich so etwas ausdenkt, ist krank, nicht wahr? "

„Ich möchte das nicht kommentieren. Es kommt mir nur auf Ihre Einschätzungen an."

„Ja, krank oder eben besonders perfide, vielleicht auch beides zusammen – und vor allem natürlich schlau, sehr schlau! Mit ihrer Schuldanerkenntnis, Reue und Bußfertigkeit unterwerfen sich Christenmenschen nicht allein dieser besonderen Moral der Heiligen Mutter, sondern mehr noch deren weltlicher Macht.

Doch Don Juan ist die Ausnahme, er unterwirft sich nicht. Er fühlt keine Schuld. Aus dem einzigen Grund, weil er keine Moral hat. "

„Und die jeweils modernste Moderne, von der Sie sprachen – die Moderne, die er vorwegnimmt..."

„Ja, ganz recht, er ist der Stammvater der amoralischen Moderne.

Doch im Gegensatz zu der seinen ist die Autonomie der Menschen heute nur eine scheinbare. Sie haben es ja auch mit einem ganz anderen ‚Widersacher' zu tun.

Sie spielen ihr Spiel nicht mit den Mensch gemachten Mächten einer Religion, sondern mit den Gott bestimmten der Natur. Der gehören sie auf Gedeih und Verderb an. Die Schöpfung als Widersacher zu be-

trachten oder sich gar gegen sie zu stellen, das ist kein Spiel. Das ist tödlicher Ernst. Ja, die Natur wird die Menschen vernichten, wenn sie von ihrer A-Moral und Unnatur nicht lassen."

„Und nicht nur auf den Brettern einer Bühne wie Don Juan, sondern höchst real, würden Sie sagen, oder?"

„Kein Bühnenhöllensturz... ein höchst realer."

*

Diotima... Gottehre.

Der Ehre eines Gottes, eines Göttlichen zu dienen, das wäre Deine Aufgabe gewesen, Sibel.

In anderer Zeit natürlich als dieser.

So gesehen ist diese Zeit Dein Schicksal.

Die Zeit ist immer Schicksal, *das* Schicksal überhaupt.

Doch in *anderer* Zeit – eine Tempeljungfrau wärst Du gewesen. Dich der Reinheit Deiner Seele und der Unversehrtheit Deines Körpers erfreuend.

Die Reinheit der Seele hast Du Dir bewahrt, das sehe ich. Der Körper ist an einer bösen Wirklichkeit krank geworden.

Diotima/Sibel, du Gesund-Kranke, du Unschuldige und Gestrafte.

*

„Wollen wir unser Gespräch fortsetzen?"

„Ich fürchte, ich habe den Faden verloren."

„Sie sprachen…"

„*Aber Verzeihung, was mir gerade in den Sinn kommt… etwas, das mir sozusagen am Herzen liegt.*"

„Ja, das wäre?"

„*Ich bin es gewohnt, mich Mißverständnissen ausgesetzt zu sehen, auch böswilligen Unterstellungen, ich erwähnte das bereits, glaube ich. Zu den meisten schweige ich, obwohl häufig Grenzen überschritten werden. Wozu ich nie schweigen werde, ist dies: ich mag es nicht, wenn sich die Psychologie mit mir abgibt, das ist ganz und gar – wie sage ich? – unappetitlich.*"

„Unappetitlich – was Sie nicht sagen! Und warum?"

„*Ich habe den Eindruck, die meisten Psychologen beschäftigen sich vorwiegend mit sich selbst und neigen dazu, von sich auf andere zu schließen.*"

„Weibliche Psychologen Ihrer Ansicht nach auch?"

„*Das weiß ich nicht. Ich vermute, es handelt sich da eher um Männer. Ja, wahrscheinlich ist es so. Nehmen Sie zum Beispiel den sogenannten tiefenpsychologischen Ansatz zum Phänomen des Don Juanismus – ja, welche Ehre… ein psychologisches Phänomen, genannt Don Juanismus! – Das ist Ihnen bekannt, nicht wahr?*"

„Ja."

„Ich nenne trotzdem zwei Stichwörter, die zur Beschreibung und Erklärung dieses Phänomens herhalten sollen: Mutterkomplex, haha... und Impotenz!"

„Ja, die werden genannt."

„Nun gut, ich bin älter geworden, alt sogar... unappetitlich alles, ich sagte es – aber es war nicht immer so, beileibe nicht. Als Don Juan noch der alte Don Juan war, war er jung... mit allem, was zum Jungsein dazugehört, wenn Sie verstehen."

„Ja."

„Und Mutterkomplex, haha... den kann man von mir aus Fritzchen andienen!"

„Entschuldigen Sie, wer ist Fritzchen?"

„Egal, die Frau an sich ist die Mutter an sich.

Sie verkörpert die Ursehnsucht, in den mütterlichen Schoß zurückzukehren... und jede Frau gibt dieser Sehnsucht Nahrung.

Nein, nicht jede... da gibt es ja auch diese Hexen, deren Schoß nicht Zuflucht ist, sondern finstere Höhle, in der Angst ist, soviel Angst – und sind nicht alle Frauen Hexen?

Ach, Fritzchen... im Gegensatz zu dir bin ich nicht feige. Ich habe Mut und gehe in die Höhle der Löwin, und siehe, ich bin stärker als sie. – Doch bleibt nicht dennoch eine Angst?

Warum nur?

Bin ich noch immer der kleine, bedürftige Knabe, der sich sein Leben lang einer Löwin gegenüber sieht, die ihn verschlingen oder säugen, verderben oder gedeihen lassen kann?

Ha, die Löwin – Mutter!

Die Urmacht Frau, die auch in jeder Mutter steckt. Und die, selbst wenn sie mich säugt und nicht verdirbt, eine unbegreifliche Macht ist und bleibt.

Eine Macht*!*

„Sie reden da erneut von einem Fritzchen. Wollen Sie mir nicht sagen, wer er ist?"

„*Später vielleicht. Zunächst will ich mir noch darin gefallen, den Anwalt des Teufels zu geben. Oder besser gesagt: den der Herren Psychologen mit ihren möglicherweise so sehr eigenen Komplexen und zusätzlich noch den der Herren Religionswahrer mit ihrem Kalkül.*

Ja, der Dämon Weib!

Dagegen – Maria, die Unschuldige, Reine, Dulderin. Die Mutter Gottes, hahaha... und als Krönung dessen noch: die Heilige Mutter Kirche!

Ahnen Sie die ungeheure Infamie?"

„Helfen Sie mir, bitte."

„Unbefleckte Empfängnis, jungfräuliche Geburt – das ist... das ist..."

„Ja?"

„Diese Vorstellung bereits – ‚unbefleckt'!
Ein Fleck ist Schmutz, ist ein Makel auf etwas Saube-
rem. Ein Kind auf naturgemäße Weise zu zeugen, be-
fleckt also die ‚Reinheit' einer Frau – nein, mir fehlen
die Worte. Und Sie nehmen das bitte nicht persönlich,
hoffe ich."

„Nein. Man muß es kulturhistorisch sehen."

„Kulturhistorisch, ja. Das ist ein kulturhistorischer
Bruch ohnegleichen. Kein Patriarchat, ein Matriar-
chat noch weniger und Naturreligionen ohnehin nicht
haben sich je in einer solchen Geschlechtsfeindlich-
keit verloren, im Gegenteil. Ganz im Gegenteil!"

„Wahrscheinlich sah man in der Triebhaftigkeit der
Menschen den Grund vielen Übels in der Welt und
meinte, ihnen das austreiben und einen anderen Weg
weisen zu müssen."

„Ich bitte Sie! Was ist das für ein Weg! Das ist die
Vergewaltigung der Natur! Alles Sinnliche wird Sün-
de, alles Körperliche böse Versuchung!
Und Gott ist Geist, nicht wahr... und das Fleisch und
Sexualität sind Heidentum.

Gott ist Geist, von mir aus. Der Mensch ist alles ande-
re als Geist, ebenso wenig wie die Natur. Das sollte
man wissen und dem armen Menschlein nicht Lasten
aufbürden, die es nicht zu tragen vermag. Frömmelei,
Heuchelei, Falschheit, Hinterlist, Verschlagenheit und
Selbstbetrug sind dann die ersten ‚Sünden', die vielen
nach ihnen Tür und Tor öffnen. Doch genau darum
geht es ja – der sündige *Mensch! Ihn sich sündig füh-*
len zu lassen, schuldbeladen.

Nein, ich weiß wirklich nicht, was ich sagen soll – das
ist... Allmutter Natur, die ewige Schöpfung wird in den
Mythos geschlechtsloser, vergeistigter Heiligkeit ge-
bannt. Alles Geschlechtliche und Irdische ist damit
Heiden- und Teufelswerk. Das ist...“

„Ja?“

„Das ist widernatürlich... pervers, in höchstem Maße
krank.“

„Sie sagten es bereits, ja.“

„Krank! – Und was anderes als krank können Men-
schen werden, die man zwingt, einem solchen Glau-
ben anzuhängen!“

„Zwingt?“

„Etwa nicht? Ich könnte Ihnen endlos viele dieser
Kranken nennen, die andere krank gemacht oder sie
im Fall der Weigerung einfach gleich totgeschlagen

haben. Ich erwähne nur einen: den Sachsenschlächter."

„Karl den Großen?"

„Den ,Großen' – ganz recht. Die Wertschätzung, die er in der Geschichte erfährt, sagt alles über die Kultur und ihre ,Werte', in der sich diese bestimmte Geschichte ereignet hat. Das stets gleiche Motto: und willst du nicht mein Bruder – im Geiste, im Glauben, in der politischen Überzeugung, in was auch immer – mein Bruder sein, dann schlag ich dir den Schädel ein. Das ist praktizierte Liebe, oder?"

„Polemisieren Sie jetzt nicht?"

„Nein, ich polemisiere nicht. Schauen Sie sich doch um in der Welt... in der heutigen, meine ich. Geschichte braucht es gar nicht, um zu wissen, wo man dran ist mit den Menschen."

„Das ist sehr destruktiv, was Sie sagen."

„Ich benenne das, was ist, weiter nichts: destruktiv, krank und infam sind die passenden Attribute dafür. Ha, Sünde, Schuld, Prüderie, Bigotterie, Verlogenheit. Die Menschen mögen verloren sein in diesem Kosmos aus Dunkelheit und Kälte um sie herum. Zu tatsächlich Verlorenen hat sie diese Religion gemacht, die ihnen einzureden verstand, daß sie Verdammte sind.

Und das ist das Infame dieses größten Verbrechens, das je an Menschen verübt wurde: sie werden zu Verlorenen erklärt mit dem einzigen Ziel, sie umso leichter dann aus ihrem ‚Elend' in den bergenden Schoß der Heiligen Mutter Kirche führen zu können, die allein ihnen Erlösung verheißt."

„Was Sie sagen, unterstellt, daß von vornherein entsprechende Absichten vorgelegen haben. Das ist eine sehr schwere Anschuldigung."

„Ob ganz von vornherein weiß ich nicht. Es hat sich so entwickelt und wurde gewollte Realität. Darum ist das keine Anschuldigung, sondern ein Schuldspruch."

„Wirklich?"

„Ja, die Welt ist mit dem Christentum nicht besser, sondern schlechter geworden... unendlich viel schlechter. Und der Islam ist genau so infam und verlogen...und noch verderbenvoller."

„So, der Islam... inwiefern?"

„Er ist jünger und unaufgeklärt. Was er tut, tut er aus ungebrochener Überzeugung und Tradition.
Das Ergebnis sieht man: Bomben, Bomben, Terror, Krieg. Wohin Sie schauen in der islamischen Welt. Im Namen einer Religion."

„Lassen wir den Islam einmal beiseite – kann man die Menschen dafür verantwortlich machen, wie die Welt ist oder muß man nicht eher Mitleid mit ihnen haben?"

„Das interessiert mich nicht. Jedenfalls sind sie krank."

„Und Sie?"

„Ich bin krank wie alle. Sogar noch mehr."

„Warum?"

„Weil ich die Dinge durchschaue und aus tiefstem Herzen verabscheue und mich ihnen dennoch überlasse."

„So, ja."

„Ja, ich durchschaue sie. – Ha, Heilige Mutter Gottes! Ich sage Ihnen: so wenig hat Gott eine menschliche Mutter wie eine Frau unschuldig, rein und ergeben ist.

Frauen sind falsch, buhlerisch, lüstern.

Sie verdienen nichts anderes, als sie von mir bekommen und sich selbst nicht auch innerlich wünschen.

Ach, Weibmutter, du Höllenschlund bösen Schreckens und du, Mutterweib, Zufluchtsort ängstlichen Sehnens!

Ja, wir Männer sind die Ängstlichen in dieser bedrohlichen Welt, nicht die Frauen – und darum auch die Hoffnungsfrohen. Die Liebebedürftigen und Liebesfä-

higen, die Gefühlsstarken und Kreativen. Alles aus Not sozusagen, einer Urnot.

Männer, die Ängstlichen und großen Liebenden – und darum Männer die großen Künstler, nur Männer.

Oder sollte ich sagen: die großen Neurotiker?

Alle krank an den Neurosen ihres Mutter- und Frauenwahns und alle einander darin verbunden?

Vergeßt nicht, Don Juan ist sozusagen Experte auf dem Gebiet. Wenn ihr Herren Künstler meint, ihn bloßstellen und entlarven zu können, kann er das mit euch ebenso tun. Hm, welch überraschende Verwandtschaft sich zeigt: Künstler und Don Juan, Don Juan und Künstler, einander verwandt in ihren Neurosen.

Doch keine falsche Komplizenschaft, ich verbitte sie mir. Ich bin kein Liebender."

„Ich dachte gerade schon, Sie reklamieren das für sich."

„Nein, tue ich nicht. Meine Neurosen, von mir aus auch Psychosen oder Defekte... ach, das hatten wir alles schon! Es dreht sich im Kreis."

„Erinnern Sie sich, wie Sie mich fragten, welcher Art mein Interesse an Ihnen ist?"

„Sie sagten beruflicher Art."

„Ganz recht, ich möchte das jetzt etwas präzisieren."

„Bitte."

„Es ist ein, sagen wir... klinisches Interesse, das mich zu Ihnen führt."

„Ich bin in einer Klinik, dann ist das normal. Oder sollte mich das ängstigen, gar erschrecken?"

„Nein, natürlich nicht."

„Es erschreckt mich auch nicht, keineswegs."

„Und warum nicht?"

„Gesetzt, Sie haben ein klinisches Interesse, dann unterstellt das, ich sei unter Umständen abnorm. Eine Abnormität halt, die es zu ergründen gilt, oder?"

„Ja, das sehen Sie richtig."

„Aber ich bin nicht abnorm. Im Gegenteil. Ich weiß nicht mehr, ob ich bereits darüber sprach – ich, Don Juan, bin heute die Norm! In Sachen Promiskuität ohnehin. Und von allem weiteren muß ich nicht reden. Oder habe ich es getan?"

„Doch, Sie sprachen darüber."

„Und Stichwort Promiskuität – ich würde Ihre Aufmerksamkeit gern auf das Phänomen des rapide zunehmenden sogenannten weiblichen Don Juanismus lenken.

Doch wozu!

Interessieren würde mich allerdings, wie die Psychologie sich dazu äußert. Mutterkomplex, Impotenz... da müßte sie sich schon etwas anderes einfallen lassen, nicht wahr?"

„Das müßte sie wohl."

„Und egal, wenn man Veranlagung dazu hätte, könnte man sich beim Stand der Dinge, wie sie heute sind, Gedanken um den Fortbestand der Welt machen. – Etwa ich?

Was interessiert mich die Existenz der Welt, wo ich selbst nicht existiere und nur ein Mythos bin."

„Sie sind ebenso Realität, das wissen Sie."

„Jeder Mythos ist Realität und jede Realität ein Mythos. Konnte man das in dieser Welt je auseinanderhalten? Ich war *wie ich war und bekam meine Strafe. Damals glaubte jeder, wer so ist wie ich, bekommt sie zu Recht. Wer schert sich heute noch um so etwas. So gesehen ist die Welt eine andere geworden."*

„Wirklich? Sagten Sie nicht neulich –?"

„Nun, dann keine andere. Ich jedenfalls bin die Norm darin."

„Und wenn nicht?"

„Dann bin ich vielleicht doch in der Psychiatrie."

„Auch das habe ich nicht gesagt."

„Und Sie wären nicht Donna... Verzeihung, egal, welche, sondern meine Therapeutin. Änderte sich dadurch etwas?"

„Für mich nicht. Für Sie hoffentlich ebenfalls nicht. Seien Sie weiterhin offen zu mir."

*

„Bin ich nicht alt?"

„Sag das nicht. Ich mag nicht, wenn du das sagst."

„Wie alt bist du – du, Diotima?"

„Einunddreißig."

„Dann bin ich alt. – Willst du nicht wissen, wie alt?"

„Nein. Und red bitte nicht davon."

*

‚MauMau', ‚Sechsundsechzig' und ‚Mensch ärgere Dich nicht'... das wäre die Zukunft, die gemeinsame Zukunft.

Wo bleibt da der Literat und Poet mit all seiner Bildung und vielerlei Interessen geistiger Art? Doch, doch, in dem Punkt durchaus Casanova gleich – ein geistreicher, viel belesener Mann, der du bist, Don Juan.

Und dann ‚MauMau' und ‚Mensch ärgere Dich nicht' und weiter nichts?

Und wenn *gar* nichts… ich liebe sie.

Das hat mit Belesenheit und Bildung nichts zu tun.

Ich liebe sie.

Das ist eine Sache von Mensch zu Mensch, von *nacktem* Mensch zu *nacktem* Mensch gleichsam. Aller Gewänder, Kleider, jedes Status, jeder gesellschaftlichen Stellung, jedes geistigen Habitus entledigt. Ja, Nacktheit zu Nacktheit, in der Liebende in ihrer Vereinigung als Ausdruck ihrer Liebe zueinander gehören, im glücklichen Fall dann auch finden.

Ich liebe sie – nackt wie ich in mir und vor mir bin.

In einer nackten Bedürftigkeit und nackten Hingabe und mit einer nackten Ehrlichkeit auch, die vor sich selbst nichts verbergen kann und muß.

Ich liebe sie.

Fritzchen, ich weiß nicht, was ich sagen soll. Nur so viel verstehe ich, Du *hast den Mutterkomplex.* Du *ängstigst dich vor der Frau in ihrer Wirklichkeit und flüchtest dich in ein Gleichnishaftes, in dem sich alles in idealer Entrückung verlieren darf. Wie schön doch, wie schön, nicht wahr?*

Begreif endlich, daß es die Frau, wie du sie siehst, nicht gibt. Du hängst einem Trugbild an. Gut, es ist schon immer in der Welt. Nicht von Frauen selbst, von Männern gemacht. Von wem auch sonst als diesen Verstandesverlorenen. In einer solchen Verlogenheit wie heute allerdings noch nie. Von jeder Reklamewand lächelt sie dich an, diese Verlogenheit. Hundertmillionenfach aus Fernsehern. Vollendet stilisiert, makellos geschminkt, überirdisch schön. Die Madonnen

des Heiligen Kapitals... die Huren der käuflichen
Welt.

Sehnsucht Frau –!

Bunt gepixelt zieht sie dir den letzten Rest Verstand
aus dem Kopf.

Sehnsucht Liebe –!

Wie sieht sie denn aus, deine Liebe, Fritzchen? – Die-
se kleinen, spießigen Attraktionen eines spießigen Le-
bens, wie sehen sie aus? – ,Shoppen', ,chic' essen ge-
hen, ,life style' mit mickrigem Budget, drei Wochen
Jahresurlaub... Antalya oder Bodrum, was sonst.
Mode, Kollegentratsch von der Arbeit, das willst du
teilen? Tag um Tag, Jahr um Jahr?

Ich habe ihr versprochen, nichts kaputt zu machen.

Das hast du versprochen, ja. Doch so kommst du nicht
weiter, schaff endlich Tatsachen. Handeln überzeugt,
nicht dein Geschmus. Wenn du etwas tust, wirklich
tust, sieht sie, daß es dir Ernst ist. Jetzt denkt sie, ach,
ein Schreiberling, der in seinen Bücherwelten lebt!
Was habe ich von dem zu erwarten! Außer Worten
nichts.

Dir geht es auch nur um Worte, gib es zu.

Du tust alles nur, um an Gefühle und damit an Worte
zu kommen.

Ich habe dich durchschaut.

Und natürlich brauchst du mich noch dazu.

Je dreckiger und schuldvoller du mich machst, umso reiner und unschuldiger, sozusagen idealisch, meinst du dich gegen mich abheben zu können. Das ist das ‚hehre' Motiv aller, die sich mit mir beschäftigen oder beschäftigt haben. Ich bin der Sündenbock, der in die Wüste gejagt wird, um sich durch meine Bestrafung zu entsühnen.

Ach, ihr seid alle nur Heuchler.

Aber spiel dein Spiel mit mir ruhig weiter, ich bin es von Beginn an so gewohnt. Nichts von der Art bringt mich aus der Ruhe.

Geh, ich kann dein Geschwätz nicht mehr hören.

Ich kann nicht gehen, das weißt du. Und du wirst mich noch brauchen, vergiß das nicht.

*

17.03.

Sibel, Liebste,

es widerstrebt mir, Dir mit der Maschine schreiben zu müssen – doch anders geht es nicht, meine Schrift wirst Du nicht lesen können.

Und das ist wirklich ein so großer Unterschied: Geschäftsbrief und Maschine, das paßt zusammen, natürlich.

Aber will ich Dir von Dingen schreiben, die sich wie zwei und zwei zusammenzählen lassen? Oder von der

‚Wahrheit' einer Zahl, die einem in Wirklichkeit nichts, überhaupt nichts sagt?

Zumindest nichts von dem, was für Menschen tatsächlich und allein nur wichtig ist. Zum Beispiel, wie sie zueinander stehen und was sie voneinander halten... ob sie sich hassen oder lieben oder gleichgültig sind.

Und einander gleichgültig sind sie sich ja am meisten.

Doch was rede ich von Gleichgültigkeit oder gar Haß!

Wo ich mich jetzt im Augenblick nur freue. Für Dich!

Über die schöne Nachricht, daß Du nächsten Mittwoch aus der Klinik darfst. Das ist wirklich schön, sehr schön; und ich danke Dir, daß Du an mich gedacht hast und es mir gleich hast mitteilen müssen.

Ich muß immer an Dich denken.

Daran, wie schön Du bist.

Wie schön alles an Dir ist und wie glücklich ich bin, daß es Dich gibt und ich Dir begegnen durfte.

Ja, solche Gefühle – ich hätte nie gedacht, daß es mir noch einmal passieren würde.

Vielleicht habe ich es auch nicht gewollt.

Und ob gewollt oder nicht? Was kann man da wollen? Es geschieht oder nicht.

Mir ist es geschehen – ich liebe Dich.

Das ist ein so einfacher, kurzer Satz und ist zugleich der schönste Satz, den es in allen Sprachen gibt: ich liebe Dich.

Liebes, es ist jetzt kurz nach zwölf. Du hast schon Mittag gegessen, nicht wahr?

Geht es Dir gut oder hast Du noch Schmerzen?

Ich merke, daß es mich sehr anstrengt, mit der Maschine zu schreiben. Es geht alles noch nicht so recht.

Und an richtiges Schreiben... ich meine das Buch, *unser* Buch, das über Dich und mich, ist im Augenblick gar nicht zu denken.

Ich muß einfach Geduld haben und den Dingen Zeit lassen. Glaub mir, wenn ich noch irgendetwas *will*, dann ist es dieses Buch. Ich will von meiner Liebe zu Dir schreiben und was Du mir bedeutest.

Du bist die letzte Freude und der letzte Schmerz in meinem Leben; und weil es ein jeweils Letztes ist, macht es die Freude so sehr schön und den Schmerz so sehr tief.

Denn natürlich ist bei aller Freude auch schon jetzt ein Schmerz, weil ich weiß, daß ich Dich zwar liebe, so sehr liebe, daß aber nie Gelegenheit sein wird, diese Liebe tatsächlich auch *leben* zu können. Das ist der Schmerz.

Du möchtest mir eben nichts versprechen – und Du sollst nichts versprechen.

Laß mich Dich einfach nur lieben.

Mit allem anderen werde ich dann schon fertig.

Liebes, verzeih, ich muß aufhören – es ist momentan wirklich noch zu schwer... nicht allein mit dem Schreiben.

Immer

Dein Friedrich

Freitag, 18. 03.

(10:15; e-post an Rani)

Hallo dear Rani

I was dismissed from hospital on Wednesday and I am now back at home. My condition is much better than before, but not so good as should be. It will need some more time and I have to hold myself quiet. And you are right, I am quite strong in my character and therefore I hope things will go better again in the future. What the reasons for my health problems in Indonesia have been I don't know. Probably all in all too much stress (climate, travelling, bad sleeping or no sleep), though all of you have been so kind and full of love for me. I felt it very well and I like to say you many thanks for it and I am very grateful for your emotions and all your good wishes concerning my health.

Heartful greetings to all of you and hope to hear again from you

your Frederik!

20. 03.

Sibel, Liebste,

ich sagte es Dir bereits vorhin am Telefon, eine lang durchwachte Nacht. Doch eine ganz andere als die davor mit ihren Sorgen, Ängsten, Zweifeln und soviel Kleinmut – eine kaum geschlafene und dennoch schöne Nacht.

Warum?

Du warst bei mir!

Obwohl Du ja eigentlich ständig bei mir bist und mich glücklich machst, nur diesmal eben besonders.

Wie ich Dir ebenfalls schon sagte, dachte ich mir, wenn ich denn wach bin, nutze ich die Zeit zu etwas Vernünftigem und lasse mir ein paar Zeilen für ein Gedicht einfallen.

Ein Gedicht für Dich und für das Glück, das ich mit Dir habe.

Und alles, was mir sonst in Herz und Kopf umherschwirrt, wenn Du bei mir bist, ist ja nichts Unvernünftiges, denk das bitte nicht – oder vielleicht doch, ich weiß es nicht.

Wenn ich darüber nachdenke, mag mir vieles davon unvernünftig vorkommen, sehr unvernünftig sogar.

Und das war es ja, was mir den Kummer in der vorvergangenen Nacht gemacht hat.

Ob Vernunft oder nicht – wo Gefühle sind, ist selten Vernunft. Bei mir sind zurzeit nur Gefühle, nichts als Gefühle, und darum will ich jetzt schnell das Gedicht aufschreiben, damit Du etwas von ihnen erfährst.

Von ‚ihnen'?

Nein, nur von einem.

Von dem, das der Grundton in einer ganzen Harmonie von Gefühlen ist und sie darum so schön macht.

Welchen Titel das Gedicht hat?

Fragst Du das wirklich?

„Sibel" – wie sonst?

Sibel

In einem Augenblick,
in Deiner Augen Blick
liegt all mein Glück.
Geht grad auf einen Wimpernschlag,
kehrt nun zurück
wie Sonnenschein im Frühlingsschlag!
Bleibt dann in *jedem* Augenblick,
In *Deiner* Augen Blick,
bleibt Stund um Stunde,
Tag um Tag –
Bleibt!
O, mein Sibel-Glück!

Siehst Du, Liebste, ich habe einige Bücher geschrieben… es finden sich wenige Gedichte darin. Ob sie gut sind, weiß ich nicht.
Ob dies Gedicht, Dein Gedicht… ja, es ist jetzt Deines, gut ist, weiß ich ebenfalls nicht.
Es ist *wahr*.
Das ist der größte Vorzug, den es vor aller Gedrechseltheit von Worten und Sätzen haben kann, denke ich.
Du hast mir, so kann ich sagen, ein neues inneres Erleben geschenkt.
Ich war zwar noch, doch frag mich nicht wie.
Irgendwie halt.
Und nun?

Gefühle… so große, starke, tiefe Gefühle!

Ja, nun bin ich also wieder. So, daß ich weiß, wie.

Liebste, ich weiß nicht, was es mit uns wird.

Es ist wahrscheinlich müßig, sich darüber Gedanken zu machen. Nutzlos ist es in jedem Fall. So gesehen, wird es das Beste sein, nur für den Augenblick zu leben und abzuwarten, was er einem jeweils beschert.

Eine solche Haltung entspricht nicht meiner Natur.

Doch wie anders?

Nein, ich fürchte, es geht nicht anders.

Vergewisserung kann man nie und nirgendwo erwarten. Eine klitzekleine Gewißheit allerdings, wie Du zum Beispiel über mich denkst und was Du für mich empfindest, könnte mir eine Hilfe sein – möglicherweise auch nicht.

Darum… lassen wir es einfach. Alles wird sich ergeben.

Schatz, ich wünsche Dir, wenn Du heute nachmittag Besuch bekommst, von wem auch immer, viel Freude dabei. Die Zeit wird auf jeden Fall schneller vorübergehen. Bald bist Du wieder zu Hause.

Immer

Dein Friedrich

21. 03.

O, welche Not! Welch schreckliche Nöte!

Ich kann sie nicht erreichen. *Sie* meldet sich nicht. Den ganzen Vormittag nicht.

Was ist los? Geht es ihr nicht gut? Ist etwas passiert? Mag sie mich nicht mehr?

O, schockheilige Not, ja!

Endlich, dann, mittags, schon fast eins, der Anruf – Erlösung, Erlösung, Erlösung!

Ja, es ging ihr nicht gut.

Die Ärmste.

Dazu Arztvisite, Therapien usw. Aber sie mag mich noch, mag reden mit mir, will mich weiterhin immer anrufen, wenn sie dann voraussichtlich ab Mittwoch wieder zu Hause ist.

Nachmittags rufe ich sie an. Sie lacht… es geht wieder besser.

Ich bin glücklich.

Heute abend telefonieren wir wieder… keine Telefonrechnung interessiert mich.

Und ist nicht heute Frühlingsbeginn?

Nach langen, langen Winterjahren endlich wieder Frühling?

Ja, ja… und was für einer! Ein so schöner wie noch keiner war.

22. 03.

Morgens und mittags mit meinem Wunder telefoniert – alles wunderbar!

Es geht ihr gut, den Brief hat sie bekommen, das Gedicht ist „schön".

Mir geht es ebenfalls gut. Im Ernst, richtig gut, alle Beschwerden so gut wie weg.

Ich arbeite wieder, die Dinge gehen mir von der Hand.
Dazu dieses herrliche Frühlingswetter.
Indonesien, was ist das? Was wollte ich dort?
Ich gehöre unter diesen Himmel, einen so schönen
blauen, wie ich ihn während der ganzen Zeit in Indonesien nicht einmal gesehen habe. Und kein so blaues
Meer, wie es einem an unseren Küsten lacht – was
also wollte ich dort?
Braune Augen sind mir dort zwar viele begegnet, doch
ein so schönes Paar wie hier ebenfalls nicht.
Haben sie mich wieder gesund gemacht?
Natürlich, nur diese Augen!

23. 03.

Ich habe sie gestern abend nicht angerufen wie sonst,
ehe sie zu Bett geht. Sie hatte, als wir nachmittags telefoniert hatten, aus Spaß (!) gesagt und gelacht dabei,
sie geht nicht ans Telefon.
Vorhin dann (07.00) klingelt es bei mir.
Sie!
Sie hat einen Anfall gehabt gestern abend. Als sie auf
meinen Anruf wartet, wartet und wartet – und kein
Anruf kommt.
Vorwürfe, so große Vorwürfe!
An mich selbst doch!
Was tue ich?
Ist das ein Spiel?

Ein böses Spiel?

Will ich Druck ausüben, seelischen Druck?

Oder ist es Angst, *meine* Angst?

Angst einer Zerrissenheit… Angst *vor* einer Zerrissenheit. Wie zu etwas hin und gleichzeitig auf der Flucht davor.

Die Angst, daß sie mich zurückweist.

Ja, irgendwie ein Hintertürchen auflassen. Dann kann ich mir sagen, es war meine Entscheidung.

Meine Entscheidung, gegangen zu sein.

Dann tut es nicht so weh.

Erbärmlich!

Es ist jetzt kurz vor acht. Um acht rufe ich sie an, dann hat sie gefrühstückt. Erfahren, was genau los war.

Sie weiß es nicht/erinnert sich nicht.

Und im Laufe des Vormittags holt ihr Mann sie ab.

Nach Hause.

Wegen des neuerlichen Anfalls vielleicht nicht?

Mit dem Telefonieren wird es auf jeden Fall schwieriger.

24. 03.

Gestern abend kurz vor halb sechs – endlich! – ruft sie an.

Ja, sie ist zu Hause, konnte sich nicht eher melden, der Mann hat Urlaub... die ganze Woche.

Es geht ihr gut. Die Kinder freuen sich.

Putzen, sauber machen, waschen. Alles, komplett alles, was sie an Wäsche in der Klinik mithatte, auch das, was sie nicht getragen hat. „Ich muß das rauswaschen, die Klinik und alles."

Und sagt, sie hätte geglaubt, daß ich bestimmt denke, sie meldet sich nicht mehr, wenn sie erst zu Hause ist. Weil es ja so spät geworden war mit dem Anruf. „Du weißt, mein Mann…"

Nein, das habe ich nicht gedacht, sage ich. Und frage sie, ob sie sich erinnert, daß ich sie am ersten oder zweiten Tag bereits gefragt habe, ob sie immer ehrlich zu mir sein wird. Ja, sie erinnert sich; und erinnert sich ebenfalls, daß sie ja gesagt hat.

Und so ist es, sie ist ehrlich.

Ich weiß es.

Und dann sitze ich den ganzen Tag, warte auf ihren Anruf, auf nichts sonst.

Warten, warten, warten.

Ein so langes Warten.

Was war es doch einfach, wenn ich ihre Stimme hören wollte, als sie noch in der Klinik war! Ein paar Tasten am Telefon gedrückt… schon war die Freude, die so große Freude da.

Jetzt – warten.

Dann endlich, gegen halb vier. Hat schlecht geschlafen, fühlt sich nicht so, die familiäre Mühle, der Alltagsrummel.

Soviel Beanspruchung halt, die sie in der Klinik nicht hatte.

Kommt mir vor, wie etwas von mir entfernt, abgerückt... dazu ein so schneller, abrupter Schluß! Sie hat vorher gesagt, sie will sich die Haare etwas heller machen lassen. Die Frisörin ist plötzlich da. Ebenso plötzlich das Gespräch wie abgeschnitten... ihre Worte, ihre Stimme fort.

Einfach zu schnell.

Fast als wäre die Leitung gekappt worden.

Und etwas anderes noch dazu.

25. 03.

Kurz nach eins der Anruf. Es geht ihr gut, sehr gut sogar heute. Sie ist draußen, mit ihrem Jungen im Kinderwagen unterwegs, er schläft. Ich freue mich für sie. Gleichzeitig sagt es mir, wie die Dinge sind: hoffnungslos.

Und ich bitte sie, sie soll mir einmal sagen, nur einmal, daß sie mich gern hat.

Langes Schweigen.

Sie kann das nicht, sagt sie und ich wüßte, weshalb. Aber warum rufst du mich an und hältst Kontakt zu mir?

Nein, sie kann das nicht... sie kann es nicht ausdrücken.

Nun begreife ich, wie sie es gemeint hat. Sie hat mich gern, da ist etwas, aber sie kann es nicht ausdrücken.

Sie ist eine von denen, die nicht gelernt haben, ihren Gefühlen Worte zu geben – diese armen Menschen.
Und dann sagt sie, sie freut sich über meine Freude.
Über meine Freude an ihr, natürlich, an wem sonst?
Ich sage ihr, du fehlst mir so sehr. Darauf ihr: „Ach ja."
Ein wenig spöttisch und auch ungläubig im Ton. Immer noch so, als würde ich ihr zum ersten Mal von meiner Liebe erzählen.
„Du übertreibst", sagt sie noch.
Nein, ich übertreibe nicht.
Es ist groß, einfach groß.
Alles... alles!
Und natürlich muß sie sich geschmeichelt fühlen, wenn ihr jemand soviel Wert gibt.
Das hat sie noch nicht erlebt und wird es nicht mehr erleben.
Und gebe *ich* ihr den Wert?
Nein, sie hat ihn. Ich gebe ihn ihr nicht, das weiß ich.
Sie hat ihn.
Natürlich sieht Liebe auf ihre eigene Weise, aber *sie* hat diesen Wert. Ich weiß es. Darum bin ich glücklich und traurig zugleich. Ja, Sibel, mein Glück und mein Weh.
Was ich dann schreiben werde, dieses Buch, ist etwas völlig anderes.
Es ist Literatur und hat mit dem, was ist, überhaupt nichts zu tun. Natürlich wird es eine Wahrheit haben,

eine andere jedoch als meine persönliche. Die sagt einfach nur: ich liebe dich – und sonst nichts.

Und wenn ich die Gleichzeitigkeit und Gegensätzlichkeit meiner Eintragungen hier und im Notizenblock für das Buch sehe, muß ich denken, ich sei zwei geworden und somit an Geist und Seele krank.

Oder hat es seine Richtigkeit so?

Hat Literatur nicht ihre eigenen Gesetze und das Leben wiederum auch?

26. 03.

(17:12; e-post von Rani)

hello frederik,

sorry i just opened e mail. I'm glad to hear that from u, thx god ur better now, hopefully ur always in good condition. U just need to take a rest for a while…

ure welcome frederik, n that's an honor you have come to my place. U re really a good guest to me n all…

we all missing u n wishes the best for u…

we all would be glad if hear from u again…

*

Ich kann heute nicht telefonieren mit ihr.

Ich bin zu erschlagen. Nachts ständig raus aus dem Bett und schnell notieren, was mir durch den Kopf schießt.

Dann mit einem Schlafmittel gegen Morgen wenigstens noch zwei Stunden geschlafen. Ich bin zwar nach dem Klinikaufenthalt gut wiederhergestellt, übermäßig belastungsfähig jedoch offensichtlich noch nicht.

Gut, ich bin Rekonvaleszent, ich muß mich nicht wundern. Das allein ist es aber nicht. Diese erschöpfende Inanspruchnahme ist doch sonst, wenn ich schreibe, genauso da.

Es arbeitet ständig in mir, Tag und Nacht, läßt sich nicht abschalten. Ich schreibe in den letzten Tagen fünf, sechs, sieben Seiten pro Tag an dem Buch plus die Einträge hier. Soviel wie noch nie zuvor in meinem Leben... und das hat ja seinen Grund.

Nein, ich kann nicht telefonieren. Ich halte dem Ansturm des Wunders Sibel, dem ich ja dieses Hoch- und Schaffensgefühl allein zu danken habe, einfach nicht stand.

Und am schlimmsten: all diese Unmittelbarkeit und Nähe sowie Tiefe – bei gleichzeitiger Distanz. *Räumliche* Distanz zwar nur, dennoch eine so sehr böse.

Zudem – und das erschreckt mich maßlos: ich wüßte nicht, was ich ihr sagen soll, wenn ich anriefe.

Liebesgeständnisse, ständig wiederholt, ermüden.

Und ermüden sich selbst.

Ihnen muß auch mal ein Handeln folgen, egal welches.

Und während ich dies schreibe, klingelt zum vierten Mal das Telefon.

Sibel, die Liebste, wer sonst.

Es ist ein verzweiflungsvolles, flehendes Klingeln… nein, ich werde nicht abnehmen.

Ich kann nicht.
Ich weiß nicht, was ich Dir sagen soll.

*

Über Mittag habe ich den Telefonhörer abgenommen und neben den Apparat gelegt.
Hast Du weiter versucht, mich zu erreichen?
Ich mußte einfach schlafen, mein Kopf war wie zum Bersten.
Liebste, verzeih mir, das Warten... das nächste Flehen... ich hätte nicht einschlafen können.
Ach, es bringt mich noch um.
Gerade klingelt es wieder. Ich gehe hinaus, um es nicht hören zu müssen.

*

Morgen dann, Liebste, morgen telefonieren wir wieder, wenn Du magst und mich anrufst.
Und verzeih mir nochmals.
Und heute nacht will ich vernünftiger sein, versprochen.
Auf den Anrufbeantworter sprichst Du ja nicht.
Ich sage: Bitte, sprich irgendetwas darauf, damit ich Deine Stimme hören kann, wenn ich sie hören *muß*, um nicht zu traurig zu werden.
Nein, Du willst nicht. Du magst Anrufbeantworter nicht und darauf zu sprechen noch weniger.
Ach, wenn Du mich lieben würdest...
Du würdest mir ganze Romane darauf sprechen.
Liebesromane, was sonst.

Ja, ich war vernünftiger vergangene Nacht.

Nach vier werde ich zwar wach, nehme aber gleich eine Baldrianpille. Komme damit auch gut wieder in Schlaf, schlafe bis gegen halb acht (Sommerzeit seit heute Nacht!).

Was dann notiert sein will, notiere ich unmittelbar nach dem Aufstehen.

*

Jetzt 18.30.

Sie ruft nicht an.

Hat nicht angerufen, hat möglicherweise doch angerufen – ich weiß es nicht. Ich war nachmittags kurz unterwegs, vielleicht während dieser Zeit. Im übrigen ist heute Sonntag, der Mann nicht auf der Arbeit, da ist es ohnehin schwierig.

Bin ich nun erleichtert darüber?

Sollte ich wirklich das seltsame, um nicht zu sagen ab struse Gefühl in mir haben, darüber erleichtert zu sein, daß ich nicht mit ihr sprechen kann?

Diese Stimme, die das Liebste ist, was mir geschehen kann, ich will sie nicht hören?

Warum denn nur?

Ich weiß, warum.

Es zerreißt mich ohnehin schier. Dann noch ihre Stimme im Ohr, die eine Nähe vorgaukelt wie von Auge zu Auge, von Angesicht zu Angesicht, wo tatsächliche Ferne nur ist… das zerreißt mich wirklich.

Sibel, du bist so tief in mir drin und gleichzeitig, dort in Kassel, so unglaublich weit weg. Ich kriege das nicht zusammen. Eins von beidem kann nicht sein. Ich halluziniere. Und beides zusammen kann nicht derselben Wirklichkeit angehören.

Ja, es zerreißt mich.

Habe ich das denn alles geträumt?

Der Klinikaufenthalt?

Mein Wunder Sibel?

Es muß so sein. Es paßt nicht in diese Welt der Realitäten, die aus Fernen besteht.

Ich weiß nicht, wie lange ich das aushalte. Sehr lange nicht, glaube ich. Es nimmt mich zu sehr mit.

O, Sibel, liebster Schatz, könntest du mir doch helfen. Nur wie, wie –?

Jedes Nahesein wird die Fernen unserer Wirklichkeit noch weiter ausdehnen. Ach, könnte man vergessen, einfach nur vergessen, von einem Augenblick auf den anderen.

Aber nein, nein… nichts vergessen, nie vergessen!

Das ist, als hätte man nicht gelebt. Leben ist nun einmal Entbehrung und selten genug – was?

Ich weiß es nicht einmal auszudrücken, so selten ist es wohl oder kommt vielleicht gar nicht vor.

Und ruf heute bitte nicht mehr an, Liebste!

Morgen dann, morgen… und gleich früh, ganz früh.

*

Ach, Wünsche, was sind schon Wünsche, so widersinnige noch dazu!

Kurz vor acht am Abend ruft er an, mein Schatz.

Es geht ihr gut. Nein, sie verplappert sich, nicht ganz so gut. Schläft schlecht, mit dem Magen ist's nicht so. Ihrem Mann hat sie erzählt, ich hätte angerufen. Der neue Bekannte aus der Klinik halt, wie's ihr geht und so. Und hat ihm gesagt, ich hätte sie eingeladen, sie alle, und hat ihn gefragt, ob er wolle? Ja, sagt er. Doch nicht so bald, sagt sie zu mir... wie es sich ergibt.

Ich weiß nicht, was ich davon halten soll.

Natürlich, *sie* sehen! Erleben!

Das ist das eine.

Und all das andere, das mir dann auch vor Augen steht? Als Kasseler Wahrheit unübersehbar vor Augen steht?

Wieder hin- und hergerissen, was sonst.

28. 03.

‚... und gleich früh, ganz früh.'

Nein, gar nicht! Den ganzen Tag nicht!

Ich zerreibe mich – zerreibe mich an meinen Gefühlen wie ein hartes Stück Parmesan an einer Käsereibe, Körnchen für Körnchen, Span für Span... nein, ich werde zerrieben.

Das ist äußerst nüchtern formuliert, entspricht aber genau den Tatsachen.

So genau nicht.

Mein Gefühl...

Nein, nein, ich… meine erbärmliche Physis zerbröselt an der Reibfläche der Fakten.

29. 03.

Glücklich, glücklich wieder!
Erst nicht, bis mittags nicht – dann, gegen eins.
Sie war unterwegs gestern, den ganzen Tag. Alltagstrott eben. Behördengänge, Arzt, dies, jenes… mit dem Mann.
Ja, der Mann. Ist weiterhin zu Hause diese Woche, krankgeschrieben.
Und egal, was die Gründe sind, könnte ich ihr böse, je böse sein?
Ihr Vorhaltungen, Vorwürfe machen?
Nein.
Alles, was sie tut, nicht allein in bezug auf mich, ist recht getan, wenn es denn nur *ihrem* Wünschen und Wollen entspricht. Dann ist alles gut. Und ich will es für gut nehmen. Das ist kein Vorsatz, das ist Tatsache. Was natürlich nicht heißt, daß diese Tatsache wie viele sonst auch nicht traurig macht.
Das eine ist eben Kopf- und das andere Herzenssache.
Den ganzen Vormittag über *bin* ich traurig. Traurig und verzagt und bang.
Dann ihre Stimme: „Ich bin's, Sibel."
Alle Traurigkeit, Verzagtheit, Bangigkeit sind vorbei, welch Wunder.
Und müßten erst gar nicht kommen! Bei ein bißchen mehr…

Was?

Zutrauen?

Ja, Zutrauen.

In die Dinge allgemein und besonders natürlich in sie und ihre Gefühle.

Und dieses Zutrauen darf ich haben! Ich bin mir fast sicher jetzt.

Ich frage sie: „Kennst du Platon?"

„Nein."

Und –?

Sagt ein bißchen mehr oder weniger Bildung etwas über den Wert eines Menschen aus?

Sie antwortet also nein.

Und ich erzähle ihr, wer Platon ist. Ein Landsmann gleichsam von ihr (im Roman), ein halber zumindest, und daß er vor zweieinhalbtausend Jahren etwas über die Liebe geschrieben hat, das man heute noch kennt und seiner Tiefsinnigkeit wegen hochschätzt.

Dann gebe ich ihr die Rede des Aristophanes aus Platons ‚Gastmahl' wieder, nach welcher die Menschen ursprünglich eine Einheit darstellen, von anderer Gestalt noch als wir – rund kugelförmig, mit vier Armen, vier Beinen, zwei Gesichtern, doch eine in sich gerundete, in jeder Hinsicht sehr starke Einheit. Im Gefühl ihrer großartigen Vollkommenheit werden sie übermütig gegen die Götter, und Zeus straft sie, indem er sie halbiert, so daß sie fortan die Menschen sind, als die wir uns noch heute sehen und erleben – schwach, bedürftig, unvollkommen. In unserer Halbheit beklagenswert. Darum streben die jeweils getrennten Hälften wieder zueinander und sind von solcher Sehnsucht erfüllt, daß sie sich ständig suchen. Und wenn zwei ursprünglich zusammengehörige Hälften sich finden, fallen sie in eine Liebeswonne, die ihnen Wunder und höchstes Glück ist – und siehst Du, sage ich zu ihr, mit dem ersten Blick, den ich auf Dich werfe, weiß ich, daß Du die andere Hälfte von mir bist – die, nach der meine Sehnsucht immer gesucht hat.

Das sage ich ihr.

Darauf ist es lange Zeit still.

Danach setzt sie an… stockt… setzt wieder an... stockt erneut – nein, ihr fehlt der Mut (Mut!)… der letzte Mut.

„Du weißt schon", sagt sie dann und gleich hinterher: „Ach, ich weiß nicht."

Aber *ich* weiß!

Und *Du* weißt es ebenso!

Du liebst mich!

Du *liebst* mich!

Du liebst *mich*!

Ja, ich weiß es. Mit einer Sicherheit weiß ich es jetzt, wie ich sie nicht einmal hätte, wenn ich vor einem Spiegel stände und mich fragen würde, ob der, der mich da ansieht, ich bin.

Nur was Du mit Deiner Liebe anfangen wirst, weiß ich nicht.

Weißt Du es denn?

Egal, ich werde alles so nehmen, wie Du es für richtig befindest, meine Herzallerliebste.

Und wenn Du mich eine ganze Woche lang nicht anrufst, keine Sorge wird mich mehr beschweren, außer der, Dir könnte etwas passiert sein.

Ein Weh wird natürlich sein, Deine Stimme so lange nicht hören zu dürfen.

Ja, Deine Stimme – sie verrät Dich auch. Du hast diese Liebes-Stimme, die anders noch als nur mit Stimmbändern, Mund und Lippen gebildet wird, und die wie eine Stimme des Herzens selbst ist.

O, wie ich sie liebe, wie ich alles an Dir liebe!

31. 03.

(e-post an Rani)

Hallo dear Rani,

thanks for the mail. Well, all your good wishes and those of myself are fulfilled, I'm completly o.k. again, just as good as before the trip to Indonesia and therefore I don't need a rest further on. And I can not rest. Just during my stay at hospital I started the conception of a new novel and since then I'm in hard work with it and I'm very happy that things are running so well as they do. Do you remember, when we were at „Carrefour" in Jakarta and I bought a paper notebook? It has nearly 100 pages and is now completly full of notes and ideas and dialogues etc. I will not start writing before autumn (October/November) because in summertime I have no patience sitting in house and

room, I have to be outside in fresh air, but all the material I need is available. Contents will concern some of my experiences in Indonesia and the title may be: „Death on Bali". Or subtitle. And you, yes, you Rani, will be one oft he persons of the novel, not one oft he main characters, but you will appear. I'm allowed to do so?
I hope you suggest.
To the end all good wishes to you and heartful greetings to all of you, espacially… no, all of you!
Your Frederik!

*

Es ist bald Mittag… ich bin ruhig, innerlich ganz ruhig. Ich weiß, sie liebt mich.
Was sind ein Tag und noch ein halber dazu, an dem ich nichts von ihr höre.
Ich weiß, sie liebt mich.
Darum bin ich ruhig.
Oder nicht?
Kommt da nicht wieder ein Zweifel und will sich einnisten in meiner Seele?
Sie liebt mich und hält es schon eineinhalb Tage aus, dem Bedürfnis, diesem so heftigen Bedürfnis, mich zu sprechen, nicht stattzugeben? – Wo ich, wenn ich nur die Möglichkeit und Gelegenheit hätte, sie hundert Mal am Tag anrufen würde.
Ha, da ist der Mann… der ist zu Hause… nicht auf der Arbeit.
Der Mann… *ihr* Mann.

Und sie liegt bei ihm... ein solch Unwürdiger, ein in jeder Weise Unwürdiger. Sie teilt ihr Leben mit einer solchen Unwürdigkeit – und verliert nicht dadurch von ihrer Würde und ihrem Wert?

Nein, ich muß mir verbieten, über so etwas nachzudenken. Es sind unstatthafte Gedanken, unangebrachte vor allem.

Ich liebe sie.

Und würde sie nicht lieben, wenn sie nicht ihre Würde und ihren Wert hätte. Eigenständige Kostbarkeiten, die aus sich heraus sind und in keiner Weise von *meiner* Wertschätzung abhängen.

Und nicht doch Zweifel?

Was war diese Nacht?

Bis kurz nach vier in einem durchgeschlafen und dann trotz Schlafmittel nicht mehr zur Ruhe gekommen. Kurz eingenickt und stets wieder hochgeschreckt – eine so große *innere* Unruhe offensichtlich in mir, die keinen Schlaf duldet.

Woher kommt sie?

Dumme Frage – woher?

Zu allem, wirklich zu allem ist *sie* der letzte Grund, natürlich.

Doch Roß und Reiter genannt: was macht diese Unruhe in der Nacht?

Zweifel... Zweifel an ihr selbst etwa?

Oder ist es der Stoff, dieser Buchstoff und die andauernde Beschäftigung mit ihm, die mich umtreibt?

Und wie es mich treibt!

Gleich nach dem Aufstehen und im Lauf des Vormittags habe ich wieder einige Seiten notiert.

Es ist ein unerschöpflicher Quell, aus dem das alles strömt – der Quell Sibel!

Und dann ist doch alles gut, oder?

Ja, dies ist gut!

Und das andere, das Eigentliche?

Das nehme ich, wie es ist. Und es ist ebenfalls gut.

Weiß ich etwa nicht, daß sie mich liebt?

*

Gegen 16.00 Uhr weiß ich es wieder ganz fest.

Sie sagt, sie schaut sich die Fotos an, die sie von mir in der Klinik gemacht hat, und liest die Briefe. Und fragt mich, warum sie mich wohl immer anriefe, wenn sie nicht gerne mit mir sprechen würde.

Sonst geht es ihr gut. Nein, sie verplappert sich erneut, kann sich nicht verstellen, die Wahrheit ist immer schnell da – verplappert sich also und sagt, es gibt Probleme mit ihrem Mann. Welche, will sie nicht sagen. Mit ihrer jüngeren Schwester, ihrer Vertrauten, hat sie schon nicht darüber sprechen mögen, sagt sie – und mit mir ebenfalls nicht, jetzt nicht.

Und kann man sich's nicht denken, welcher Art die Probleme sind?

Einige Sätze zuvor schreibe ich noch: sie liegt bei ihrem Mann.

Nein, eben nicht!

Sie liegt nicht bei ihm.

Und warum wohl?

Weil einer ist, der sie liebt. Sie weiß davon und weiß ebenso, daß ihr Mann sie nicht liebt und weiß vor allem, daß *sie* ihn nicht liebt.

Und soll dann bei ihm liegen?

Nein, eine wie Du nicht, Sibel.

Und dann noch die freudige Nachricht: der Mann arbeitet seit heute wieder!

Ich kann anrufen bei ihr während der Woche... ich, ich!

Das war mir doch mit am schwersten, sie nicht mehr anrufen zu können, seit sie aus der Klinik ist, um über Traurigkeit und Kopfhängerei hinwegzukommen.

Sie zu sehen, in ihre Augen zu schauen, davon wage ich kaum noch zu träumen.

Wenigstens ihre Stimme!

Morgen Vormittag also rufe ich an und nachmittags und so viel und so oft dann, wie sie mich gewähren läßt.

01. 04.

Ja, das eine ist schöne Vorstellung und das andere häßliche Ernüchterung.

Um zehn Uhr wähle ich das erste Mal an. Längere Pause mit Schweigen im Walde. Dann eine dieser professionellen, einnehmend distanzierten Frauen-Ansage-Durchsage-Nachrichten-Stimmen: „Unser Dienst steht momentan nicht zur Verfügung. Versuchen sie es später noch einmal" – oder so ähnlich.

Unser Dienst...

Ja, sie hat einen Haus-Handy-Vertrag oder wie sich das nennt. Ein schnurloses Telefon, in bestimmtem Umkreis (zwei bis drei Kilometer) um die Wohnung wie ein Handy zu nutzen zu monatlichen Pauschalkosten. So, und im Augenblick wird sie über diesen Umkreis hinaus von der Wohnung entfernt sein. Es kommt keine Verbindung zustande.

Ich versuche es bis elf Uhr noch einige Male – sie ist unterwegs.

Dann ruft *sie* an.

Sie hat gesehen, daß ich sie erreichen wollte, und sowie sie im passenden Funkbereich war, mich angerufen.

Ja, sie ist unterwegs. Zu Fuß unterwegs, mit ihrem Jungen. Einkaufen, dies, jenes. Freut sich... einige Kilometer gelaufen... tut ihr gut, lacht.

Ich auch, ich lache auch.

Und mir geht's auch gut, so gut.

Tut mir gut – sie, sie!

Ihr Lachen, alles!

Ich sage ihr, daß ich mein Auto wieder anmelde. Ich muß sie treffen, sehen, ich habe solche Sehnsucht.

Ja, wir können uns treffen, irgendwohin setzen, Kaffee trinken. Ist ja auch nichts dabei, wir haben nichts miteinander.

Nein, nicht so, wie die Leute denken, daß man etwas miteinander hat, natürlich nicht.

Anders schon.

Und ich sage ihr, daß ich meine Augen hinter einer dunklen, sehr dunklen Sonnenbrille verstecken muß, wenn ich mit ihr an einem Tisch sitze und Kaffee trinke, weil sonst jeder, der nur ein bißchen aufmerksam hinschaut, sofort sieht, daß wir etwas miteinander haben – ich zumindest mit ihr.

Sie lacht.

Und ich bin glücklich.

Dann sagt sie, ich solle das Auto nicht anmelden. Sie macht sich Sorgen, es könnte etwas passieren.

Ich sage ihr, ich bin wieder vollkommen in Ordnung. Ich würde nicht Auto fahren, wenn ich nicht sicher wäre, daß nichts passiert.

Das wüßte man nicht, sagt sie. Es kann einfach passieren mit so einem Anfall.

Nein, bei mir nicht. Bei mir ist es anders. Wenn ich so stabil bin, wie ich wieder bin, passiert nichts.

Nein, sie möchte das nicht. Nicht, daß mir wegen ihr etwas zustößt, ich soll das Auto bitte nicht anmelden. Ich muß es versprechen.

Gut, ich verspreche es, die nächsten vierzehn Tage noch nicht.

Dann sagt sie, sie sei auch manchmal in Versuchung zu fahren und glaubt, daß ihr Mann das weiß und darum mit dem Auto zur Arbeit fährt, doch sie wisse es nicht. „Wir reden ja nicht miteinander."

So, nun hat sie sich wieder verplappert. Sie reden nicht miteinander.

Warum, frage ich nicht.

Und sie sagt noch, sie könne das nicht wie ihr Mann und so tun, als sei nichts gewesen, wenn sie sich am Tag zuvor gestritten und gegenseitig beschimpft hätten.

Sie, sie beschimpft jemanden, ich kann mir das nicht vorstellen.

Da muß sich viel Wut, Zorn, Schmerz, Enttäuschung, Leid und was noch alles in ihr angestaut haben, sonst ist es mir unvorstellbar.

Mein Mädchen Sibel, nein.

Es ist traurig, einfach nur traurig.

Zwei Menschen für ihr Leben miteinander verbunden. Gemeinsame Kinder, irgendwann früher noch Hoffnungen, Sehnsucht nach Glück und dann dies.

Die traurige Realität.

Wir verabreden, daß ich nachmittags noch einmal durchrufe, zwischen zwei und drei, nicht später. Ich wähle um viertel vor drei, es klingelt und klingelt... niemand nimmt ab.

Und morgen ist Samstag und Wochenende.

Ich kann nicht anrufen und nur hoffen, daß sie es tut. Wenn nicht, ich bin ruhig.

Ich weiß, sie liebt mich.

Sie liebt mich und ist ehrlich. Mir und sich selbst gegenüber.

Nach der Erniedrigung und Selbsterniedrigung von gegenseitigen Beschimpfungen zur Tagesordnung übergehen wie ihr Mann – das kann sie nicht, natürlich nicht.

Ebenso wenig wie ich es könnte. Ja, sie ist die zweite, wiedergefundene Hälfte meiner selbst. Eines ursprünglich ganzen und heilen Selbst, das wieder zu alter Einheit kommt.

02. 04.

Nichts.

*

(07:04; e-post von Rani)
Hello Frederik
it is one of a good thing i heard from u that u have finished the writing and also I'm in that, it's my pleasure.. wow the title gonna be „death on bali" i cant wait to read that, really. Now i just started my last exam in my college, one step to be a bachelor degree… hopefully u have a good health, n cheers up… we always wait a good news from u.

03. 04.

Nichts.

04. 04.

Gegen viertel nach zehn verabschiedet sich das Nichts, von einer lieben Stimme verscheucht.
Ja, sie ruft an und sagt, es geht ihr gut. Sagt es und ich will's glauben, weil's mir dann auch gut geht und überhaupt.
Das ganze Wochenende war sie unterwegs. Das schöne Wetter, die Kinder, der Mann… immer der Mann.

Ein Treffen mag sie noch nicht. Nein, von der Zeit ist es knapp. Der Junge seit heute im Kindergarten. Er fremdelt, und sie muß, bis er sich eingewöhnt hat, morgens, wenn sie ihn hingebracht hat, eine oder anderthalb Stunden oder noch länger dableiben, Händchen halten und drücken…

Dann Arzttermine – eine Magenspiegelung.

„Hast du noch immer Schmerzen?"

„Wahrscheinlich von dem Medikament, das ich nehmen muß. Immer gleich, wenn ich es morgens einnehme, kriege ich Magenschmerzen."

Ja, es geht ihr gut.

„Und sonst?" fragt sie.

Ich lese ihr vor, was ich am ersten April eingetragen habe: ,Ich bin ruhig. Ich weiß, daß sie mich liebt.'

Sie protestiert, das hat sie nie gesagt.

Ich weiß es trotzdem.

Und frage sie, warum sie ja gesagt hat, als sie in die Klinik zurückgekommen ist und ich sie gefragt habe, ob sie wegen mir zurückgekommen ist.

Das war Spaß, sagt sie. Sie hat ja, ja gesagt und dabei gelacht. Es war Spaß.

Sagt sie.

Ach, Sibel…

Weiß ich mehr als du?

Warum hast Du so geweint und Dich an mich geklammert… so fest, als wolltest Du mich nie mehr loslassen… auf dem Parkplatz… an dem Tag, als ich aus der Klinik entlassen und abgeholt wurde?

Weiß ich mehr?

Ich weiß es nicht.

Dennoch – ich bin ruhig.

Das ist auch so etwas wie ein Wissen, ein gutes Wissen. Und Du warst glücklich, so glücklich. Ich erinnere mich.

Wenn ich sie nicht bald einmal wiedersehe, glaube ich fast nicht mehr, daß es sie überhaupt gibt und ich sie je getroffen habe. Ist das alles nur ein Film, was ich erlebt habe und erlebe?

So eine eindringliche Unwirklichkeit – gibt es die?

Ich muß sie sehen, bald sehen, sonst weiß ich nicht mehr, wo ich dran bin.

05. 04.

Klingeln, klingeln… niemand nimmt ab.

Ich lege auf.

Dann sofort ihr Rückruf. Sie ist noch im Kindergarten. Ich rufe später noch einmal durch, sage ich, wenn ich jetzt störe oder sie nicht frei sprechen kann.

Nein, wir können sprechen.

Gut, sage ich, du wirst mir ja auch nicht sagen, daß du mich lieb hast, und alles andere können andere ruhig mitkriegen, oder?

Du bist unmöglich, sagt sie.

Ja, das sagt man so. Bin ich es nicht wirklich?

Vielmehr – die Dinge.

Ist also unsere Sache nicht unmöglich? Und weiß ich es nicht von Beginn an?

Was bei mir Einsicht in die Verhältnisse ist, scheint bei ihr mehr aus einem Angstgefühl zu kommen. Sie erlaubt sich nichts, absolut nichts, um nicht den Halt zu verlieren und irgendwie ins Rutschen zu kommen. Die Fahrt könnte außer Kontrolle geraten.

Ja, jedes bißchen Unachtsamkeit wäre Kontrollverlust und drohte die Fahrt zur Achterbahnfahrt zu machen. Darum alles abblocken, nichts zugeben, keinerlei Entgegenkommen.

Oder ist nichts, das sie zugeben könnte?

Warum hält sie dann weiter Kontakt zu mir, bewahrt versteckt meine Briefe auf?

Hat sie einfach nur Angst vor ihrem Mann?

Nur –?

Das wird vermutlich ihre größte Not sein, daß er mit ihr Achterbahn fährt, wenn er irgendetwas mitbekommt. Nicht allein ihre Ehe ginge dabei drauf, unter Umständen wäre auch ihr Leben bedroht. Sie ist schließlich mit einem Türken verheiratet und ist selbst Türkin. Sie kennt die Sitten und Gebräuche der islamischen Welt. Dazu werden diese schließlich kultiviert, genau dazu, daß Frauen nicht frei leben dürfen, sondern sich gefügig dem Kanon 'höherer' Wertigkeiten unterwerfen. Vor allen Dingen den Phobien einer so ausschließlich männlich dominierten Gesellschaft. Ja, sie leben zwar in Deutschland, doch irgendwie noch in einer anderen Zeit. Es ist einfach so.

Und ob ich das weiß oder nicht...

Ich liebe sie, das ist wichtig.

Und stehe mit dieser Liebe wie vor einer Wand, durch die ich nicht hindurch komme.

Nein, ich weiß nicht, was wird.

Sibel, Liebste,

hier also die DVD – versprochen ist versprochen!

Wenn Du sie Dir ansiehst – gleich in der ersten Geschichte beschreibe ich die Augen einer Frau, einer Mutter von zwei Kindern. Sie hat wunderschöne Augen – schön, weil sie so tief sind.

Wenn ich diese Schilderung jetzt lese oder höre, ist es mir, als hätte ich Deine Augen beschrieben. Verstehst Du, *Deine*! Dabei ist es doch schon fast zwanzig Jahre her, als ich diese Geschichte geschrieben habe. Du warst damals noch ein Kind, und ich wußte nicht einmal, daß es Dich gibt.

Dennoch…

Du hast ebenfalls solche Augen. Und sie sind vor allem deswegen so schön, weil sie sagen, daß der Mensch, zu dem sie gehören, eine schöne, tiefe Seele hat. Das ist das eigentlich Schöne an ihm. Schön meint empfindungsreich und liebevoll sowie mit einem warmen Herzen beschenkt.

Und darum, als Du neulich sagtest, daß ihr, Du und Dein Mann, euch gegenseitig beschimpft, konnte ich das von Dir nicht glauben. Es paßt nicht zu Dir. Du mußt sehr unglücklich sein, um so gegen Deine Natur zu handeln, denke ich.

Wo ich von schönen Augen spreche, fällt mir ein, daß zu mir auch einmal jemand gesagt hat, ich hätte schöne Augen. Eine Frau, die ich gar nicht kannte und sie mich ebenfalls nicht. Sie hat es nicht gesagt, um mich irgendwie aus einer Reserve zu locken. Sie war wesentlich jünger als ich, bestimmt zwanzig Jahre, und außerdem war ihr Mann dabei, als sie es sagte.

Und die ganze Geschichte war so: ich war vor sechs oder sieben Jahren auf Korsika, allein, ohne meine damalige Liebste, weil sie keinen Urlaub mehr hatte. Ich wollte etwa vier Wochen bleiben. Ich hatte dann aber so große Sehnsucht nach ihr, daß ich vorzeitig zurückfuhr. Große Sehnsucht und auch etwas Schmerz und Zweifel.

Aus folgendem Grund: ich habe sie anfangs jeden Tag angerufen und mich gefreut, ihre Stimme zu hören, ganz so wie bei Dir.

Ich frage sie dabei immer, ob es ihr gut geht und wie sie die Zeit ohne mich hinbringt, und nachdem ich eine Woche bereits weg bin, sagt sie mir, daß sie einige Male mit einem Kerl Fahrradtraining gemacht hat. Ein Kerl aus ihrem Sportverein. Sie hätte von mir aus mit jedem dort fahren können, nur mit dem gerade nicht. Er war nämlich eine richtige Null, eine aufgeblasene Null und Kanaille noch dazu. Außerdem seit langem schon hinter meiner Liebsten her, hatte ganz in ihrer Nähe eine Wohnung genommen und seine Frau verlassen.

Und mit dem zusammen trainiert sie jetzt.

Ich habe zu keinem Moment Sorge gehabt, daß sie Dummheiten macht. Nein, ich wußte, sie liebt mich wie ich sie. Nur fing ich an, mich zu fragen, ob ich mich nicht vielleicht in ihr getäuscht habe. In ihr als Mensch, verstehst Du, denn ich hätte nicht geglaubt, daß sie sich mit einem solchen Kerl in irgendeiner Weise abgeben könnte.

Mir war klar, daß es ihr dabei wirklich nur um den Sport geht, dennoch waren diese Zweifel da. Dazu eine Verunsicherung, die mich richtig niederdrückte, so daß ich nicht wußte, wo ich mit mir dran war.

Ja, es war eine etliche Tage andauernde Verlorenheit in mir, wie sie bei einander widerstrebenden Gefühlen eben da ist.

In solcher Verfassung gehe ich eines Vormittags zum Besitzer der Ferienanlage, um ihn zu fragen, ob ich mir ein Buch ausleihen könne. Wir unterhalten uns etwas, er spricht perfekt Deutsch.

Dann kommt ein Italiener mit seiner Frau dazu, der ebenfalls gut Deutsch kann. Er ist Arzt und hat in München studiert. Ich hatte mich in den Tagen zuvor schon einige Male mit ihm unterhalten, mit seiner Frau nicht. Die spricht kein Deutsch.

Wir drei Männer unterhalten uns also auf Deutsch, die Frau steht dabei. Irgendwann merke ich, daß sie mich dauernd anblickt. Ich denke, was hat sie, daß sie mich so anschaut. Dann sagt sie plötzlich auf Englisch in unsere Unterhaltung hinein: „You have wonderful eyes." (Sie haben wunderschöne Augen). Ich bin ganz überrascht und frage mich, ob ich richtig gehört habe, sehe sie an, und sie sagt noch einmal: „You have wonderful eyes."

Ihr Mann und der Franzose sehen sich erstaunt an. Es entsteht eine allgemeine Verlegenheit. Keiner weiß, was er sagen soll.

Die Frau scheint jetzt erst zu merken, daß sie vielleicht etwas Falsches oder Ungehöriges, das man mißverstehen kann, gesagt hat. Sie lächelt einen Augenblick unsicher. Dann sieht sie mich wieder offen an – und ist mutig und muß sich, so wie sie es meint, auch kein schlechtes Gewissen über das machen, was sie gesagt hat… ist also mutig und sagt noch einmal: „Yes, you have wonderful eyes."

Und nun haben wir alle verstanden, daß sie wirklich, so ungewöhnlich es aus der Situation heraus gewesen sein mag, nichts Ungehöriges gesagt hat – und wir lachen und ich gehe mit dem Franzosen in den Bücherraum.

Ich suche mir ein Buch aus und schlendere zu meinem Zelt zurück. Auf dem Weg dahin frage ich mich, warum sie das wohl gesagt hat. Ich habe mich nie für einen Menschen gehalten, der schöne Augen hat. Doch sie sagt: „You have wonderful eyes."

Vielleicht hatte ich sogar wirklich schöne Augen in diesen Tagen meiner Verunsicherung und inneren Zweifelns, weil etwas von den widerstreitenden Gefühlen, die in mir zur Klarheit kommen mußten, in ihnen zu lesen war. Vor allem auch eine Traurigkeit darüber, daß ich so weit von meiner Liebsten fort war, und ich doch wußte, daß in dem Moment, wo ich sie wiedersehe und in den Arm nehmen kann, alle Bedenken verschwunden sind.

Ja, die Frau muß in meiner Seele gelesen haben, als sie in meine Augen schaute, und hat gesehen, da ist ein Mensch mit Gefühlen, tiefen Gefühlen, und hat darum meine Augen für schön ansehen können.

Und wo ich die Geschichte jetzt erzählt habe, fällt mir auf, daß vieles von meiner damaligen Verfassung sich heute wieder in mir findet, nur ungleich stärker jetzt. Da ist eine Liebe, eine wirklich große Liebe, die nicht weiß, wo sie dran ist.

Mit Dir nicht und darum auch mit sich selbst nicht.

Und so wie meine Verfassung jetzt ist, könnte vielleicht wieder jemand zu mir sagen, ich hätte schöne Augen, weil sich tiefe Gefühle in ihnen zeigen.

Ja, es stimmt, diese Liebe weiß nicht, wo sie mit sich dran ist. Sie weiß nur, daß sie ist.

Wenn ich mich zum Beispiel frage, ob ich mit Dir zusammenleben möchte – ehrlich gesagt, ich weiß es nicht. Spontan geantwortet würde ich natürlich rufen: Ja, natürlich, und noch ab diesem Augenblick! Und dann kommt auch schon ein Zögern, das mich fragen läßt, ob das wirklich gut wäre.

Kennst Du die kleine Geschichte, wo ein Mann eine Frau fragt, ob sie ihn heiraten will?

Die kann so oder so ausgehen, und entweder mit ja oder nein. In meiner Geschichte sagt die Frau nein. Warum, fragt der Mann. Weil ich dich liebe, sagt die Frau.

Und sie muß eine kluge und lebenserfahrene Frau sein, wenn sie so antwortet. Sie weiß, eine Liebe, und sei sie noch so groß, nutzt sich in den Geschäften und Bedrängnissen des Alltäglichen schnell ab. Andererseits – was ist das für eine Liebe, die sich nicht im Alltäglichen bewähren darf?

Und so erst beweisen kann, daß sie wirklich stark ist und Bestand hat.

Ach, ich weiß nicht, wie es richtig ist.

Ich weiß nur, daß ich eine so große Sehnsucht nach Dir habe und bei Dir sein möchte und Dich in den Arm nehmen möchte und streicheln wie ein Kind. Und während ich dieser Sehnsucht nachhänge, weiß ich im gleichen Augenblick, daß Du ein Kind nicht bist. Du bist eine Frau, eine schöne Frau noch dazu. Das in den Armnehmen würde sofort Begehrlichkeiten wecken. Das Streicheln wäre ein anderes, als wie man ein Kind streichelt.

Möchte ich das?

Solche Begehrlichkeiten zerstören jede Unschuld, vor allem die Unschuld einer Liebe. Sie wecken Dämonen in uns und machen die Liebe selbst zum Dämon.

Liebe und Dämonen, das scheint nicht zusammenzugehören. O, doch, es gehört zusammen.

Ich habe es einige Male erlebt.

Es sind wirklich böse Dämonen, die dann in einem wüten.

Möchte ich das bei Dir?

Nein, ehrlich und aufrichtig, nein.

Vor allem aus dem Grund auch, weil ich nicht weiß, ob Du dem Treiben solcher Leidensteufel gewachsen wärst.

Ja, so sieht es mit uns aus.

Mit *mir* doch.

Wie es bei Dir ist, weiß ich nicht einmal. Ich kann Vermutungen anstellen, mehr nicht. Alles ist insgesamt ein großes Durcheinander, so kommt es mir vor. Der einzig ruhende und feste Punkt in all der Ungewißheit ist meine Liebe zu Dir.

Und gibt die nicht Halt, daß *alles* zu Ruhe und Festigkeit findet?

Leider nicht.

Wie ich es erlebe, sind da in mir wieder einmal, ganz ohne eindeutige Begehrlichkeiten sogar, Dämonen am Werk. Solche, gegen die ich heftigst ankämpfen muß, um nicht zu unterliegen. Ob es gelingen wird, weiß ich nicht.

Leider läßt Du mich ziemlich allein in diesem Kampf, wo jede kleinste Hilfe von Dir mir so wertvoll wäre. Doch ich kann Dich zu nichts zwingen und muß die Dinge nehmen, wie sie sind.

Viele Fragen und Zweifel und Zerrissenheiten sogar. Fast wie damals auf Korsika. Nur eben stärker, viel, viel stärker alles.

Heute und bei Dir weiß ich wirklich nicht, wo ich dran bin. Und Du tust nichts, das mir die Ungewißheit nehmen könnte. Ja, ein grausames Frauenzimmer bist Du, das sagte ich bereits am Telefon. Doch keine Sorge, ich schimpfe nicht wirklich mit Dir. Du bist in Deinen Verhältnissen gefangen und kannst nun einmal nicht so, wie Du vielleicht willst.

Ob Du überhaupt anders möchtest, weiß ich noch am wenigsten.

Und dieses Nichtwissen ist vermutlich das, was mir am meisten zu schaffen macht.

Fühle Dich durch meine Nöte nicht irgendwelchem Druck ausgesetzt, bitte. Das möchte ich nicht.

Und weiß ich sonst überhaupt, was ich möchte?

Ich fürchte, nicht.

Ja, ein suchender Mensch, der meint gefunden zu haben, was er sucht – mit seiner Liebe.

Und beide wissen sie nicht, wo sie dran sind.

Immer

Dein Friedrich

*

Bringe nachher den Brief mit der DVD zur Post.

Ihr Mann hat heute wieder frei. Ich kann also nicht anrufen.

Ob *sie* Gelegenheit dazu findet? Bisher (14.00) offenbar nicht.

Abwarten.

*

(19:50; e-post an Rani)

Hallo dear Rani,

your call yesterday was a nice surprise for me, thank
you! Fine to hear you all are well. In respect of my
writing there must be a misunderstanding: I didn't fin-
ish it, on the contrary it has not even started. To your
last examination all good luck and then you will be
bachelor – honor and pride for you, or?

And after that, if you have time and like to come to
Germany, I told you you're welcome. Preferably summertime here in Europe would be the best time for a
trip. Let me know what are your plans so I can do my
plans in reference to yours.

Well, that's all for today. Hope to hear again and greetings and best wishes to you and all of the family!

Frederik

*

07. 04.

Nichts.

Um halb zwölf kommt die böse Botschaft.

Sie ruft an und sagt, ihr Mann habe den Brief abgefangen.

Abgefangen, geöffnet, gelesen.

Ich verstehe zunächst gar nichts und bin sprachlos. Dann: „Aber er war auf der Arbeit!"

„Ja."

„Was macht er vormittags zu Hause?"

„Er ist hier vorbeigefahren und hat im Briefkasten nachgeschaut."

„Und?"

„Da hat er den Brief gesehen."

„Er ist an Dich gerichtet. Wie kommt er dazu, ihn zu öffnen?"

„Er hat den Absender gesehen, da stand ‚Michael'."

Ich habe keinen Absender geschrieben, will ich sagen… und dann weiß ich, was sie meint: Ich habe ihr die DVD in einem Kuvert, mit dem mir Michael das Muster geschickt hatte, zugesandt. Ein von innen mit kleinen Luftkämmerchen ausgepolstertes Kuvert im passenden Format. Ich habe ein Blankoetikett über meine Adresse geklebt, die ihre darauf geschrieben und den ursprünglichen Absender ‚Michael' links oben in der Ecke des Kuverts durchgestrichen.

Und der Kerl sieht ‚Michael' und fühlt sich berechtigt, den Brief zu öffnen!

Öffnet ihn, liest ihn.

Verdächtigt sie, ihn zu betrügen, macht heftigste Vorwürfe.

Wirft dann den Brief weg!

Er!

Dieser Hammel!

Wenn er sich schon erdreistet, die Persönlichkeitsrechte eines anderen (seiner Frau doch!) nicht zu achten und etwas zu lesen, das für ihn nicht bestimmt ist, dann soll er *richtig* lesen. Dann sieht er, daß er nicht betrogen wird und niemand daran denkt, es zu tun.

O, nein. – Nein, nein!

So ist man unvermittelt drin in den Niederungen der Ungebildetheit, der Anmaßung, der Respekt- und Rücksichtslosigkeit, des Besitzanspruchs, der mickrigen Empfindlichkeit, der rohen Verfügung… in Gestalt eines türkischen Machos diesmal.

Macho, ja.

Und man muß das nicht unbedingt am ,türkisch' festmachen, das findet sich überall auf der Welt.

In einigen Regionen allerdings verstärkt. Und die Gründe dafür liegen auf der Hand.

Oder warum – so stand es kürzlich in der Zeitung – schneiden in Dschidda an einem Tag fünf Frauen ihren Männern das Gemächte (*Gemächte*!) ab?

Fünf! An einem einzigen Tag!

Warum –?

Wenn diesen Gemächteträgern ihre Frauen ein Stück Besitzstand sind wie ein Kamel oder ein Auto und mehr nicht – ja, ihnen geschieht schon recht! Mit ihrem Gemächte und Gemächtedenken werden sie genug Gewalt geübt haben, um nicht irgendwann selbst das Opfer von Gewalt zu werden.

*

Und jetzt?

Telefonieren, sagt sie.

Hin und wieder, nicht so oft wie bisher.

Gut, *Du* gibst die Richtung und das Tempo vor. Ich habe das immer gesagt. Und daß Du vielleicht meiner Richtung, nicht jedoch meinem Tempo folgen kannst oder willst, war mir schon klar. Ich respektiere das.

Was mir zu respektieren schwerfällt: Du findest nichts dabei, daß der Kerl Deine Post öffnet. „Das ist doch in Ordnung."

Ja, sie leben wirklich noch in einer anderen Zeit. Du ebenfalls, Sibel. So frei Du Dich auch fühlen magst.

Und war's das?

Nein, nicht ganz.

Doch, das war's!

Was ich von Anfang gewußt habe, weiß ich nun eben noch besser.

Vor allem weiß ich, daß ich nichts tun werde, was ihr das Leben schwer machen könnte (durch ihren Mann vor allem).

Ich ziehe mich also zurück und überlasse es ihr, ob und wie sie weiterhin Kontakt halten möchte.

Und bei dieser nun geradezu offiziell bestätigten Aussichtslosigkeit muß ich natürlich sofort darangehen, diese Vergeblichkeit, die sich Liebe nennt, wieder aus mir herauszuarbeiten und durch den Schmerz, den das macht, mich hindurchzuquälen.

Ach, alles wie gehabt – wie auch sonst?

Und wie oft schon gehabt!

Nur so schnell diesmal, so verteufelt schnell, wie im Zeitraffer.

So gesehen doch eine neue Erfahrung. Eine nie gewesene Unmittelbarkeit und zeitliche Dichte von Aufschwung und Verzweiflung.

Und die weiteren Aussichten im Wetterbericht der Liebe: wieder allein.

Wie ohne Anker und Ruhepunkt.

09. 04.

Nichts.

*

„Wie soll ich dich nennen, Diotima oder Sibel?"

„Wo sind wir jetzt, im Roman?"

„Ja, im Roman."

„Im Roman heiße ich Diotima. Und du bist dort Don Juan, ja?"

„Ja."

„Friedrich wäre mir lieber."

„Und mir ist es lieber, dich Sibel zu nennen. Ich weiß nicht, was Fritzchen sich dabei gedacht hat."

„Wobei?"

„Daß du im Roman Diotima heißen sollst. Obwohl – fast kann ich's mir denken."

„Ich wollte das."

„*Diotima –?* "

„Der Name ist von ihm. Ich wollte einen anderen haben als meinen richtigen, irgendeinen. Und sag bitte nicht Fritzchen, er heißt Friedrich."

„*Wie du willst. Erinnerst du dich an unser Gespräch?* "

„Nein, welches Gespräch?"

„*Über die Freiheit der Frauen.* "

„Haben wir das geführt?"

„*Ja.* "

„Und?"

„*Wann machst du endlich Gebrauch davon?* "

„Wovon?"

„*Von deiner Freiheit.* "

„Wie?"

„*Du weißt, wie.* "

„Nein."

„*Was heißt nein?* "

„So nicht."

„*Du verstehst etwas falsch. Soweit sind wir noch nicht. Erst einmal sollst du dich zu deinen Gefühlen bekennen und darüber sprechen.* "

„Ich mag nicht."

„*Warum?* "

„Nicht so plötzlich, ich brauche Zeit."

„*Du bist an nichts gebunden, auch an keine Zeit, du bist frei.* "

„Trotzdem."

„*Wir sind im Roman!* "

„Und wo sind wir gerade im Roman?"

„Bei mir zu Hause. Du besuchst mich."

„Allein?"

„Ja."

„Soll ich da Dummheiten machen?"

„Ich sagte schon, soweit sind wir noch nicht."

„Und soweit kommen wir auch nicht. – O, was für ein schöner Hund!"

„Gefällt er dir?"

„Ja, kann ich ihn streicheln?"

„Wenn du willst."

„Was für einer ist das?"

„Ein Labrador."

„Gehört er dir?"

„Nein, ich habe ihn nur für ein paar Tage."

„Von wem?"

„Von einem Mann, ich kenne ihn nicht weiter... über das Internet. Kannst du dich mit Computern aus?"

„Überhaupt nicht."

*

10. 04.

Nichts.

*

Ja, den Hund habe ich über das Internet bekommen. Im Internet gibt es alles. Das ist ein Marktplatz für alle Begehrlichkeiten, für wirklich alle! Einer wie noch keiner je war.

*Und wo naturgemäß dann unendlich viele neue Be-
gehrlichkeiten erst geweckt werden.*

*Das gehört zusammen, das ist das Wesen eines Markt-
platzes. Neu sind die Dimensionen, in denen sich das
abspielt.*

Erdumspannende Dimensionen.

*Und was ist schon ein Begriff wie „erdumspannend"
gegen diesen – „virtuell"?!*

Welche Universen tun sich da auf!

Und Marktpotentiale!

*

11. 04.

Nichts.

12. 04.

Das Leben geht weiter – im Traum zumindest: ich bin
mit jemand unterwegs, einem Traumbekannten, in einem Freizeit- oder Restaurationspark. Plötzlich ist
eine Frau mit dabei. Eine junge, hübsche, frohnaturi-
ge, blitzgescheite Frau, mit der man sich auf das wun-
derbarste unterhalten kann.

Dann sagt der Bekannte: Sie ist die Schwester von
Heinrich Mann.

Großes Verwundern. Und natürlich der Wunsch, den
Bruder kennenzulernen.

Sicher doch. Und Heinrich Mann ist plötzlich da. Ein
älterer, klein rundlicher, dabei beweglicher Mann,
ohne jede Allüren, aufgeschlossen.

Wir gehen alle zusammen durch den Park, ich hinter Heinrich Mann. Ich sage ihm, mit welchem Vergnügen, ja, sogar Begeisterung ich seinen Henri gelesen habe.

Er schweigt erst. Dann sagt er, daß er ihn nicht mehr schreiben würde, zumindest nicht so, wie er ihn geschrieben hat.

Wir begleiten ihn zum Ausgang. Er geht zu einem Motorroller, ein schlankes, schmales Gefährt, eher wie ein Moped und doch ein Roller, mit entsprechender Sitzposition und sogar Elektrostarter.

Er fährt los, hält in schwungvollem Bogen auf den Ausgang zu, durch eine breite Pfütze hindurch, daß das Wasser zu den Seiten spritzt und ist fort.

Danach verabschiedet sich die junge Frau. Sie umarmt den Bekannten.

Ich stehe daneben, sehe es und denke, gleich umarmt sie mich, diese sympathische, wunderbare Frau. Verabschiedet sich… ich sehe sie nie wieder – und Abschied, Abschied geht es mir ständig durch den Kopf.

Ich merke, wie mir übel wird, regelrecht körperlich übel… bekomme irgendwie bereits mit, daß alles „nur" ein Traum ist, ohne daß die Übelkeit schwindet… zwinge mich, wach zu werden, um dem Brechreiz standzuhalten – zwinge mich also aus Traum und Schlaf ins Wachwerden.

Die Übelkeit hält noch einen kurzen Moment an, ist dann fort.

Der Traum-Abschied, der mir so schmerzhaft war und den ich auf diese Weise gewaltsam fast habe verhindern wollen... sein Schmerz vergeht nicht so schnell. Er wirkt einige Zeit nach und vermischt sich mit einem anderen Schmerz.

Und der hält an und wird noch lange anhalten.

*

Halb elf. Sie ruft an. Es geht gut.

Und der Mann?

Sie hat ihm gesagt, sie will nicht mehr über die Sache reden.

Und er läßt sie in Ruhe. Wie schön, ja.

Ändert das etwas?

Ach, Sibel.

13. 04.

Nichts.

14. 04.

Nichts.

Oder hat sie angerufen?

Ich weiß es nicht, ich war den ganzen Vormittag unterwegs.

15. 04.

Mittags die Erlösung – ja, Erlösung.

Für wie lange?

Eine halbe Stunde. Eine halbe Stunde Erlösung, während der wir telefonieren.
Und die Zeit bis zum nächsten Gespräch?
Eine einzige Sehnsucht.
Ich weiß wirklich nicht, wie lange ich das noch aushalte… aushalten will.
Es ist so gar nichts in Sicht, das irgendwie Besserung verspricht.

16. 04.

Nichts.

17. 04.

Nichts.

*

Nachmittags beim Suchen nach Fotos finde ich die seit längerem vermißten Briefe von C. Ich war immer der Meinung, ich hätte sie vor einigen Jahren in einen Aktenordner eingeheftet, und entdecke sie nun in einem Schuhkarton. Aber sie sind da! Ich konnte mir auch nicht erklären, wo sie abgeblieben sein sollten.
Nun gut, ich habe sie gleich in Klarsichthüllen gesteckt und in einem Ordner untergebracht und dabei hier und da etwas gelesen.
Das war schon ein Drama, um nicht zu sagen eine Tragödie für das Mädchen. Das wird mir jetzt erst richtig klar. Eine wirkliche Verzweiflung in allem, die sie dann ab einer gewissen Zeit die Dinge hat tun lassen,

die sie getan hat, und die mich nur umso mehr auf Abstand zu ihr gebracht haben.

Was hätte ich tun sollen?

Ich habe sie geliebt, wirklich geliebt. Nach einiger Zeit weniger. Und immer weniger dann, bis nichts mehr war.

Und C.?

Sie wollte es nicht wahr haben und hat alles Maß dabei verloren.

Ja, Aussichtslosigkeit und Verzweiflung.

Wie bei mir im Augenblick.

Und die Aussichtslosigkeit verspüre ich, eine so schmerzhafte, doch Verzweiflung, noch gar eine, die sich so weit hinreißen läßt, alles aufs Spiel zu setzen, werde ich mir nicht gestatten.

Das Wehtun allerdings vermeide ich damit nicht.

Bittere Erfahrungen – und C. war ein so junges Ding, ein zu junges. Auf damals bezogen tut sie mir heute leid.

Was hätte ich anderes tun sollen?

Oder können?

Eine Frau, die ich nicht mehr liebe.

Dann ist es aus.

19. 04.

Halb zehn! Ihre Stimme!

Es geht ihr gut, das übliche Alltagseinerlei.

Dann fragt sie, warum ich nicht anrufe.

Ja, warum?

Ich sage, ich möchte nicht, daß sie weitere Schwierigkeiten mit ihrem Mann bekommt. Außerdem weiß ich nie, ob ich nicht gerade störe. Wie es sich anhört, hat sie wirklich viel von diesem Alltagskram um die Ohren.

Sie schweigt einen Moment und fragt dann, ob ich nicht mehr telefonieren möchte.

Doch, sage ich.

Und bin mir nicht sicher, ob ich es wirklich will.

*

Diese Ungewißheit zermürbt mich.

Ich glaube, sie hat Angst, nur Angst.

Angst vor ihrem Mann sowieso.

Dazu Angst, aus ihrem bisherigen Leben ausbrechen oder es für sich selbst in Frage stellen zu müssen.

Wenn ich sage, ich besuche sie nächste Woche, kommt ein fast erschrockenes Nein.

Nein, nächste Woche nicht, vielleicht später.

Vielleicht.

Ich bin wirklich zwischen zwei Mühlsteine geraten, zwei große, granitharte, und werde zu Staub zermahlen.

Hier eben die Gefühle, die sich weiterhin an ihr festklammerm und da die vollkommene Aussichtslosigkeit.

Wie lange halte ich das noch aus?

Ich rufe viertel nach neun an. Sie ist gerade beim Arzt, will zurückrufen, wenn sie zu Hause ist.

Kurz vor eins. Es klingelt.

Sie.

Ja, so lala. Morgens noch richtig mies, hat in der Nacht einen Anfall gehabt.

Ist aber tapfer. Läßt sich von den Widrigkeiten nicht unterkriegen.

Ich lasse sie reden, einfach reden, sich ausreden. Merke, wie es sie erleichtert, sich diesen Müll von der Seele zu schaffen.

Schweige von meinen Dingen. Sage nur, sie soll sich ruhig halten, keine Belastungen.

Nur *wie*!

Mit den Kindern, ihrer Krankheit, diesem Mann!

Sie kommt da einfach nicht heraus.

Ob sie nicht will oder nicht kann, weiß ich nicht.

*

Manchmal kommt es mir mit uns vor wie eine dieser berüchtigten Urlaubsliebeleien, wo alles in der Leichtigkeit einer Ferienstimmung auf Wolken zu schweben scheint, um sich anschließend, wieder zu Hause, in Alltagsschwere, Ernüchterung und alten Fesseln wiederzufinden.

Das gilt nicht für mich, doch offenbar für sie.

Der Klinikaufenthalt hat ihr gewisse Freiheiten gegeben, kein Zweifel. Damit ist es jetzt vorbei. Mut oder Willen zu sich selbst hat sie offenbar nicht.

Sie ergibt sich in ihr Schicksal. Das einer unaufhebbaren Schwere. Und mein Verweilen darin macht ihr das Leben sicher nicht leichter, im Gegenteil.

Ich muß mit ihr darüber reden.

Ja, ich will sie fragen.

Sie soll entscheiden.

Welche Auswirkung es auf mich haben wird?

Schlimmer geht immer.

Obwohl ich es mir kaum vorstellen kann.

Und mir fällt ein, heute wäre der Rückflugtermin von Indonesien gewesen.

*

War ich da mal?

Und anschließend – oder vielleicht noch immer – in einer Klinik?

Ich bin so voll Gegenwart, Gegenwarts*weh* vor allem, daß ich mich kaum besinne.

Sibel –

Wo bist Du mir begegnet?

Bist Du mir begegnet?

In einer Klinik?

Mit Ärzten und einem Professor? Mit Kameras, die mein Bild auf Monitore übertragen?

Bist wirklich Du mir begegnet?

Oder Diotima?

Rani?

C.?

Ach, Namen… Namen…

Gesichter... Gesichter...

Augen...
Zwei Augen.
Eine Sehnsucht.
Ein – Wahn?

21. 04.

Nichts.
Selber gegen zehn angeklingelt, ohne Erfolg.

22. 04.

Nichts.
Ja, Ostern, die Feiertage! Da wird nichts kommen.

23. 04.

Jetzt ist es geschehen – du hast dich ergeben!
Ich liebe dich, hast du gesagt.
Und damit deine Übergabe erklärt... die bedingungs-
lose Übergabe.
Weißt du das?
Fragt sich, unter welchen Bedingungen meinerseits.
Der Kampf war lang, viel unnötiger Widerstand. Das
macht zornig, verlangt nach Vergeltung.
Andererseits: es gilt noch weitere Burgen zu erobern.
Die Frage also: sich mit dem geöffneten Tor zufrieden
geben und sofortiger Weitermarsch oder die Mauern
der Festung schleifen, brandschatzen und plündern?
Das will bedacht sein.
Hat es Eile damit?

Nein, nicht.

Ich, *Don Juan...* ich, *der Poet habe die Gesetze des Handelns bestimmt und bestimme sie weiterhin.*

Ich sollte mir Zeit lassen und deine Niederlage genießen.

*

Nichts.

*

„Ich verlange den Beweis.“

„Nenn es bitte nicht so.“

„Du hast gesagt, du liebst mich.“

„Ja.“

„Was du geben willst, ist kein Beweis.“

„Ich habe dir gesagt, ich hatte nur einen Mann im Leben. Ich bin nicht so eine, bei mir ist das ein Beweis.“

„Das reicht mir nicht.“

„Was dann?“

„Du weißt es.“

„Das habe ich nicht verstanden.“

„Der Hund.“

„Was ist mit ihm?“

„Dafür habe ich ihn geholt.“

„Wofür?“

„Du machst es mit dem Hund.“

„Was soll ich mit ihm machen?“

„Was fragst du so?"

„Mit dem Hund –?"

„Ja."

„Du bist verrückt!"

„Mir zuliebe."

„Nie!"

„Ich denke, du liebst mich."

„Ja, ich liebe dich."

„Mir zuliebe... verstehst du nicht, was das bedeutet?"

„Doch, das verstehe ich."

„Du machst es, weil du mich liebst."

„Nicht das."

„Und wenn du mich wirklich liebst, fällt es dir auch nicht schwer."

„Verlang, was du willst… nicht das."

„Ich verlange es gar nicht. Es ist eine Bitte."

„Nein."

„Ein Wunsch, den du mir gern erfüllst."

„Nein."

„Weil du mich liebst. – Du liebst mich doch, nicht wahr?"

„Ja."

„Oder soll ich verlangen, daß du deine Kinder aufgibst?"

„Nein!"

„Das wäre ein wirkliches Opfer."
„Nein. – Ich liebe dich."

*

25. 04.

Nichts.

Ende? Aus?

Ja.

Ende. Aus.

Ich bin am Ziel meiner Wünsche.

Ein weiteres Verlangen habe ich in der Sache nicht, und für Zumutungen anderer Art stehe ich nicht zur Verfügung.

Nein! Nicht aus!

Nicht? – Fritzchen!

Nein, nicht! *Ich* schreibe dieses Buch, vergiß das nicht. Ich bestimme, was geschieht. Ich habe dich erfunden.

Du mich?

In diesem Buch, ja.

Du machst es dir zu einfach, Fritzchen. Sagst du wirklich ‚erfunden'? Du mußt nichts erfinden. Ich bin in diesem Buch, weil ich ein Teil von dir bin.

Nein!

O, doch.

Dann fort aus meinem Leben, du Scheusal!

Scheusal, ich? – Ich hätte dich wirklich für intelligenter und aufrichtiger gehalten.

Ich sage mich los von dir.

Aus dem Buch könntest du mich verbannen, aus deinem Leben nicht.

Ich bin nicht Don Juan!

Nicht gänzlich, nein, aber Don Juan ist ein Teil von dir. Oder bist du ein Heiliger? – Siehst du, du schüttelst den Kopf. Du weißt, was es bedeuten würde: ein Leben ohne Liebe. Und interessant, nicht? Don Juan lebt ebenfalls ein Leben ohne Liebe. Ist er etwa ein Heiliger? Bei dem Gedanken sträubt sich etwas, oder? Es scheint zwei sehr entgegengesetzte und widersprüchliche Arten von Leben ohne Liebe zu geben – das übliche Bild eben, haha...

Rede nur, rede. Ich mache mich frei von dir!

Ja, es gibt sogar einen Weg dazu.

Welchen?

Du darfst das Buch nicht schreiben.

O, nein, das schreibe ich.

Dann ist es, als hätte ich es geschrieben. Und alle Welt wird wissen, wer du, Fritzchen 2 wirklich bist.

Allerdings merke ich, daß ich im Augenblick bei dir nicht gut gelitten bin. Ich gehe, ich von mir aus. Frei wirst du dadurch nicht.

Geh endlich, dann *bin* ich frei.

Du begreifst es nicht. – Weißt du überhaupt, wen du dir als Verbündeten gegen mich erwählt hast?

Ich weiß es sehr wohl.

Und weißt du auch, was man sich damals in der Frankfurter Gesellschaft über Fritzchen 1, dein Idol-Fritzchen erzählt hat?

„Keiner ahnt ihn und weiß, was für ein Heiligtum in dem Mann steckt", hat man gesagt.

Und?

Ein Heiligtum –! Wenn du in etwa begreifst, was damit gemeint ist.

Ich weiß, wie eure Heiligkeiten aussehen. – Weiter!

Was weiter?

„Ich darf ihn hier in Frankfurt gar nicht nennen, da schreit man die fürchterlichsten Dinge über ihn aus, bloß weil er eine Frau geliebt hat, um den ‚Hyperion' zu schreiben" – so hat man auch gesagt. Hast du zugehört? Gut zugehört?

Was soll das!

Aha, du scheinst zu begreifen.

Da gibt es nichts zu begreifen. Und den Namen der Frau kann man sagen – Susette Gontard, die Frau seines Brotherrn.

Ja, er der Hauslehrer, und sie die Frau des reichen Bankiers und Dame der Frankfurter Gesellschaft. Eine Mesalliance, wie man damals zu sagen pflegte, – wenn es überhaupt zu einer wirklichen ‚Alliance' zwischen den beiden gekommen wäre.

Du bist roh, so roh und gewöhnlich. Er hat sie ge-liebt... *geliebt!* Sie ist die Diotima im „Hyperion". Mehr muß man nicht sagen.

Ich sehe,   du hast es noch immer nicht verstanden oder willst es nicht verstehen.

Was?

Er hat den „Hyperion" nicht geschrieben wegen sei-ner so übergroßen Liebe zu Susette, sondern hat sich erlaubt, sie zu „lieben", weil er einen Roman schrei-ben wollte und ihn ohne so ‚großartige' Gefühle nicht hätte schreiben können. Begreifst du... eine Umkeh-rung des Ursache-Wirkungs-Verhältnisses ergibt seine ‚Liebe'. - Kommt dir da vielleicht etwas bekannt vor?

Du willst sagen…

Ja, das will ich sagen.

Das ist böswillig. *Du* bist böswillig!

Er, der kleine Hauslehrer – wo ist da auch nur die ent-fernteste Aussicht und Berechtigung, einem solchen Gefühl nachgeben zu dürfen und nicht weiter auf alle Zeit der Domestik zu sein, der er vor sich selbst und

den Augen der Welt tatsächlich ja ist. Siehst du, was
ich meine?

Ich sehe nur, daß du nichts verstehst. Das Idealische,
das die Wirklichkeit nicht braucht und will, ist ja gerade das Großartige an seiner Liebe und auch Dichtung.

Wie romantisch! – Ha, Schreiberlinge! Eure Welt heißt
Unverbindlichkeit. In ihr Gefühle zu kultivieren, sie zu
Treibhausschönheiten sich entwickeln zu lassen, darin
seid ihr alle groß, du auch.

Ich liebe sie.

Ja, du liebst sie. Auf die gleiche Art wie dein anderes
„Ich" geliebt hat. Oder siehst du das nicht? Was bei
Fritzchen 1 Standesgrenzen sind, die seine Liebe nicht
aufheben kann und muß, sind bei dir Unüberwindlich-
keiten anderer Art. Für dich selbst nicht so sehr, umso
mehr für sie, das weißt du genau. Nur darum erlaubst
du dir, so großartig zu tun, ohne Gefahr zu laufen,
dich in der realen Welt auf etwas einlassen zu müssen,
das du schon lange nicht mehr willst.

Doch, ich will es! Mit ihr will ich es.

Fritzchen! – Es waren zwei Königskinder, die hatten
einander so lieb, sie konnten zusammen nicht kom-
men, das Wasser war viel zu tief... wie tragisch, nicht?
– Ja, stets die gleiche Leier: je aussichtsloser eine

Liebessache, desto mehr darf sie ins Kraut schießen!

Ach, geh doch, geh!

Du bist ein gefühlloser Ignorant. Dein Zynismus...

Ja, ja, mein Zynismus! Wie ich sehe, werde ich dir die Wahrheit nicht ersparen können.

Welche Wahrheit?

Deine Wahrheit. Die Wahrheit über dich und dein Lieben. Dein so aufrichtiges Lieben.

Ich liebe sie!

Das sagst du ständig. Du machst dir etwas vor.

Nein.

Ach, Fritzchen 2! – Erinnerst du dich, was du unter dem Datum zweiter März hier in das Buch aufgenommen hast?

Ich konnte damals zwei und zwei nicht zusammenzählen. Woher soll ich das noch wissen?

Ich weiß es. Du fängst an: Hochdruckeinfluß quer in einem Streifen in west-östlicher Richtung über Deutschland hinweg. Und es endet: life is life, ich gehör dazu.- Erinnerst du dich?

Ja.

Gut. In deiner Notizenkladde allerdings endet es nicht so. Da geht es mit dem ersten Eintrag überhaupt, der sich irgendwo über deine ‚Liebste' findet, weiter.

Laß mich in Ruhe, kümmere dich um deine eigenen Dinge.

Warum hast du es unterschlagen und nicht mit in das Buch aufgenommen?
Warum? – Es hätte ein falscher Eindruck entstehen können.
Aha, du hast es also bewußt weggelassen?
Bewußt oder nicht bewußt – es verfälscht alles.
Möchtest du es vielleicht vorlesen?
Nein.
Oder soll ich lesen? Darf ich?
Ich kann dich nicht hindern.
Es wäre besser, du liest. Sonst könnte sich mein ‚falscher' Eindruck noch verstärken – also lies!
„Eine Türkin hier, um die dreißig, attraktives Weib, gelegentlich Epilepsie, gewinnt immer bei ‚Mensch ärgere Dich nicht'. Ich sag ihr schon mal ‚du bist schön, dich heirate ich', und sie lacht und gibt mir ihre Telefonnummer. Gott steh mir bei! Standards sind Standards aber wie sie sich definieren, das ist der Punkt. Also – nichts mit Heiraten. Und auch keine Telefonnummer. ‚Mensch ärgere Dich nicht' ist ein gar zu schmaler Grat."
Interessant, nicht?
Das ändert nichts an der Wahrheit. Es ist eben anders gekommen, als ich es wollte.
Was?
Ich habe doch sofort gemerkt, was los ist… und wollte mich auf nichts einlassen. Das Gefühl war halt stärker.

Das mag sein oder nicht, das mag man glauben oder nicht. Man kann sich auch etwas anderes dabei denken.

Denk, was du willst.

Und jetzt? – Ende? Aus?

Für dich auf jeden Fall. Ich stehe vor meiner Liebe mit sauberem Gewissen da.

Ein Gewissen wie ein Windsack, oder? Dreht sich in jede Richtung und läßt alles hinein und hindurch. Ein Kapriolengewissen sozusagen.

Spotte nur. Du wirst sehen, daß ich die Kraft habe, dich aus meinem Leben zu verbannen.

Ha, fürs erste willst du dir nur einen Mitwisser und lästigen Quälgeist vom Hals schaffen.

Nein, ich will mich des Bösen in mir entledigen.

*

Ende? Aus?

Wer weiß.

Bei Fritzchens Buch handelt es sich seinem Bekunden nach um Aufzeichnungen.

Was sind Aufzeichnungen? So etwas wie ein Protokoll als die Niederschrift eines faktischen Geschehensverlaufs?

Falls ja, stellen Aufzeichnungen etwas Authentischeres als ein Roman dar, der gemeinhin als das Produkt mehr oder weniger ausschweifender Phantasie angesehen wird?

Und spielt diese Unterscheidung eine Rolle – authentisch oder nicht?

Ha, was schert mich Authentizität!

Mich, die Bühnengestalt!

Geschehnisse, verwirrende... Gedanken, unzählige. Zu allem eine Prise Gefühle, kanalisiert oder über alle Ufer tretend... Assoziationen, Kombinationen – was unterscheidet das Leben von einem Roman und umgekehrt einen Roman vom Leben?

Das Nichts, Ende, Aus?

Das offenbar doch für alles Leben gilt, für einen Roman hingegen nicht, der endlos fortgesponnen werden könnte.

Und ist es beim Leben tatsächlich so?

Nichts? Ende? Aus?

Wenn das Leben geendet ist?

Man möchte meinen, es ist so, doch wer weiß es? Wer weiß es sicher?

Und folglich kein Unterschied zwischen Leben und Roman!

Kein endgültig gewisser.

Und so lange man lebt ganz sicher kein Aus.

Was heute wie ein Ende aussieht, kann morgen bereits ein Weiter sein.

Also – NichtsEndeAus mag stimmen am fünfund-
zwanzigsten April, am sechsundzwanzigsten noch im-
mer?
Oder heißt es da „weiter"?

*

Ja, gönne ich Fritzchen das Vergnügen. Ich möchte
doch gar zu gern sehen, wie er sich ohne mich durch
die Welt schlägt. Sage ich halt „weiter"!
Im April noch nicht.
Irgendwann im Sommer, im Spätsommer vielleicht.
Als tatsächliches Geschehen? Als schreckhaft glückli-
cher Gedanke? Als lechzendes Gefühl? Als uferlose
Sehnsucht?
Spielt das eine Rolle?
Nichts spielt eine Rolle, und darum geht es statt
NichtsEndeAus weiter.
Als ein Spiel sozusagen.
Und war nicht alles Vorherige ebenfalls ein Spiel?
Mit Geschehnissen, Gedanken, Gefühlen... gegen-
wärtigen und vergangenen, authentischen und fiktiven
– ein Spiel von Verbindungen und Wechselwirkungen.
Als Aufzeichnungen eines scheinbar Objektiven oder
romanhaft Erfundenen.
Das Leben geht immer weiter und endet vielleicht
auch.

Oder nicht.
Wer weiß es?

*

Irgendwann im Sommer.
Das Telefon klingelt.
Sie!
Erst dies und das… viel Stocken. Dann weint sie plötzlich.
„Er hat deine Briefe gefunden. Er beschimpft mich und sagt, ich betrüge ihn. Er will wissen, wer du bist. Er hat mich geschlagen."
„Was –?"
„Er hat mich geschlagen!"
„Aber ich will doch nichts von dir."
„Du weißt, wie Männer sind."
„Ja, ich weiß es. Ich bin nicht anders."
„Nein, du bist nicht so."
„Aber ich tue alles für dich, hörst Du, alles."
„Was willst du schon tun."
„Ich werde mein Auto anmelden. Und alles wird gut, vertrau mir."
Er legt auf.

*

Dieses Schwein.

*

Das Telefon klingelt erneut.

„Was soll ich jetzt machen?"

„Nichts."

„Er hat mich geschlagen, hörst du? Er schlägt mich."

„Ja."

„Ich weiß nicht, was ich machen soll." Sie beginnt wieder zu weinen.

„Mach gar nichts. Vertrau mir."

„Die Kinder waren dabei... sie haben geweint und geschrien... es war entsetzlich."

„ Er arbeitet im Klinikum, ja?"

„Ja."

„Wann geht er morgens aus dem Haus?"

„Um halb sieben, warum?"

„Vertrau mir."

Er drückt die Telefontaste für einen Moment, legt den Hörer dann neben den Apparat.

*

Der Kerl ist Staplerfahrer.

Morgens fährt er für gewöhnlich mit dem Auto von zu Hause los und ins Parkhaus des Klinikums. Er hat dort einen Stellplatz für das Auto.

Oberstes Deck.

Wenig Betrieb.

Günstig.

Ich gehe zu ihm, bitte ihn, Geld zu wechseln.

Kalte Augen, kalt insgesamt. Seinem Typus nach kein Türke, eher Osteuropäer.

Sibel, wie kannst Du Deine Warmherzigkeit an soviel Kälte verschwenden?

Sie vergeudet sich daran, muß sich vergeuden.

Warum hast Du sie nicht mir geschenkt?

Bin ich etwa noch kälter?

Schauderst Du vor meiner Kälte zurück und vor dieser, der gewohnten, nicht?

Hast Du meine Kälte geahnt, meine Don Juan-Kälte, diese so grausame, listige, zynische Kälte?

Und wenn ich es denn in der Vergangenheit auch gewesen bin... ich bin nicht länger mehr Don Juan.

Du darfst mir glauben.

Ich bin Friedrich H. und niemand sonst.

*

(Briefentwurf)

Sibel, Liebste,

Dein Mann ist seit einigen Tagen fort, ohne daß Du weißt, wo er ist. Ich will Dir die Ungewißheit nehmen – ich habe ihn getötet.

Ja, (ich) habe Deinen Mann getötet.

(Ich) weiß, mit dem Geständnis gebe ich mich in Deine Hand. (Und was immer) Du damit anfängst, es ist mir egal.

(Ich) mußte es tun.

Niemand schlägt Dich... die Frau, die ich liebe – nicht ungestraft.

Du weißt, (ich) wollte nichts kaputtmachen, (nie), in diesem Fall *mußte* ich.

Sag einfach, wenn man Dich fragt, Du denkst, er ist in die Türkei (zurück). Er wollte das schon immer, Du nicht. (Du) hast es mir so erzählt, und daß Du Dich nicht als Türkin fühlst, sondern als Deutsche, hier aufgewachsen. (Die Behörden) werden es als Vermißtenfall behandeln und nicht so ermitteln, als wäre es etwas anderes.

(Solange sie ihn) nicht finden, besteht keine Veranlassung dazu. Und sie werden ihn nicht finden, dafür sorge ich.

Du mußt keine Einzelheiten wissen – nur soviel: (ich werde ihn zusammen) mit seinem Auto in einem See versenken.

Ich mußte es tun.

Als Strafe für ihn.

Und auch, um das wiedergutzumachen, was *ich* Dir angetan habe. (Aber davon) ahnst Du ja nichts. Und ich weiß darum nicht, ob du es als Wiedergutmachung verstehen kannst.

(Ja, es) ist so: (ich habe) Dir sehr, sehr Böses getan. Wer sich an Dir mehr schuldig gemacht hat, er oder ich, weiß ich darum nicht.

Und egal, ich mußte ihn töten.

(Sieh einen) Beweis meiner Liebe (darin)... den Beweis einer selbstlosen Liebe. (Denn ich habe ihn) nicht getötet, damit Du für mich frei wirst. Das war nicht meine Absicht.

Ihm wurde Gewalt getan.

Er hat Dir Gewalt getan.

Ich habe ihm Gewalt getan.

(Das ist der) ewige große Kreislauf.

Niemand wird ihn aufbrechen können.

(Es bleibt einem nur), aus dem Kreis herauszutreten.

Oder ist etwas, das Schutz u. Frieden gewährt?

Liebe doch offenbar nicht, im Gegenteil. Sie verstrickt uns nur tiefer in all unsere Ausweglosigkeit.

Nein, Liebe hilft nicht.

(Ich) weiß, was ich tun muß.

*

(Briefentwurf)

Sibel, Liebste,

(Ich habe den) Brief (zurück)erhalten.

(Du hast ihn) geöffnet, (vermutlich) gelesen, mit Tesa wieder geschlossen, von Deiner Hand meine Adresse… (ich) habe ihn verbrannt.

Unabhängig (davon), ob Du überhaupt in Erwägung ziehst, (irgendwann wieder in nähere) Verbindung mit mir zu treten, *ich* will es nicht. Wir können es nach dem, was ich getan habe, auch nicht.

Vielleicht würdest Du Dich eines Tages mitschuldig fühlen, auf eine ganz andere, schlimmere Art noch als ich. Das möchte ich nicht. (Es ist) allein meine Schuld. Und es geht auch nicht darum, mir durch den Verzicht auf Dich eine Strafe auferlegen zu wollen, so sehr drückt mich diese Schuld nicht. (Den Verdacht, ich hätte ihn getötet, damit Du für mich frei wirst, möchte ich allerdings nicht vor mir aufkommen lassen. Das ist mir wichtig.) Und das war auch wirklich nicht der Grund. Nicht mehr anrufen, (bitte.) Sollte es Dir schwer fallen, nehme (ich den) Stecker aus der Buchse mit der Leitung, deren Nummer Du kennst. (Ebenfalls die) SIM-Karte (aus dem Handy). Sollte die Polizei Telefonverbindungsdaten irgendwann überprüfen: ja, (wir) haben häufiger telefoniert, kennen uns aus der Klinik, zwei Lahme, Du erinnerst Dich, die einander stützen; dann (die Verbindung) eingeschlafen, weil (wir) beide oder ich zumindest wieder in besserer Verfassung. (Darum) kein Interesse mehr, den Kontakt noch länger zu halten.

*

Erster Bali-Brief (Entwurf)
Sibel, Liebste,
ich weiß nicht einmal, ob der Brief Dich erreicht.

Der letzte, den ich (noch von zu Hause aus) an Dich geschickt habe – war es in einem anderen Leben? – kam an mich (dorthin, nach Hause) zurück. Du hattest ihn – offenbar ungeöffnet – zurückgesandt.

Doch ob so oder so, dieser Brief muß geschrieben werden.

Nicht als Entschuldigung für das, (was ich Dir) angetan habe, sondern als Versuch einer – Entschuldung.

Meine Entschuldung.

Ist das das richtige Wort?

Entschuldung –?

(Ich habe die) Menschenwelt nicht gemacht, wie sie ist, (um dafür eine Verantwortung übernehmen zu müssen.) Was mich dennoch schuldig macht, ist die beschämende Wahrheit, daß ich, ohne inneren oder äußeren Widerstand zu leisten, nach ihren Regeln lebe.

(Das ist) zutiefst beschämend, ja, und verwerflich in jedem Fall.

(Doch von) was rede ich, wenn ich derart anmaßende und gleichermaßen notwendige „moralische" Begriffe verwende?

Wirklich von so etwas wie „Moral"?

Nein.

(Meine Schuld ist die) Schuld der Überlassung und der Lebensgier.

Allein *der* Mensch nur ist unschuldig, der sich den Dingen, so wie sie sind, (und sie mögen) zu jeweiliger Zeit als von jeweils anderem Inhalt und anderer Gestalt erscheinen (und sind dennoch) stets gleichermaßen unwert, der sich also den jeweiligen Versuchungen des Lebens sowie den groben Nötigungen einer Zeit nicht einfach überläßt, sondern Abstand dazu hält, großen Abstand. (Den Abstand) der fast völligen Lebensabstinenz möglichst. Was das in seiner Konsequenz bedeutet, weiß ich natürlich.

Und?

(Soll der) Gedanke mich schrecken?

Viele Menschen sind tot, lebendig tot.

Sind sie aber, nur weil sie (auf diese Weise) tot sind, frei von Schuld?

Ich weiß es nicht.

Eher nicht.

(Und ich) weiß ebensowenig, ob alle, die noch leben, schuldig sind.

Es mag Ausnahmen geben, Lebensverhinderte oder -behinderte sozusagen. (Alle übrigen) sind schuldig wie ich.

Und Verdammte.

Ob sie Sühne erlangen werden?

Ich weiß es nicht.

Und ein Glaube daran? Kann er helfen?

Was ist ein Glaube?

Die Gewißheit, daß etwas *nicht* so ist, (wie man es) glaubt und wünscht.

Was bleibt also?

(Die) Gnade des Todes, des tatsächlichen Todes. (Mit der berechtigten) Aussicht, zwar keinen vergangenen, aber zukünftigen Schuldverstrickungen zu entgehen und gegenwärtige abzukürzen.

(Ich bin) in dieses Land, (das mich) fast umgebracht hat, zurückgekehrt, weil ich weiß, daß es mir den Tod bringen wird.

Warum, weiß ich nicht.

(Ist es seine) heiße, unruhige Glut, die in den Kaminen der Vulkane nach oben drängt? (Ja, der Merapi auf Java spuckt wieder, meterhoch Asche bis fast an Jogjakarta heran) Sind es die offenen, eiternden Schwären der Riesenstädte? (Ist es das) Inferno heißer, verpesteter Höllenluft?

Als Einziges aus meinem abgelaufenen Leben (habe ich) die Erinnerung an Dich mitgenommen.

Und Hölderlin, den „Empedokles".

Nicht „Hyperion", nicht Diotima. Auch nicht meine Liebe zu Dir. (Die) habe ich verwirkt. (Ich bin) ihrer nicht wert.

Meiner eigenen nicht und Deiner noch weniger.

Liebe – (derer die) Menschen vielleicht bedürfen.

Ich bedarf nichts mehr.

(Ich bin) nach Bali und nicht nach Java gegangen (wegen der) hier vorherrschende(n) Hindureligion (mit ihrem) Grundzug der Gewaltlosigkeit. (Vielleicht gebe ich mich einer) Illusion hin, aber es hat etwas Tröstliches, in einer Umgebung zu sterben, (wo eine mögliche) Selbsttäuschung dieser Art (im alltäglichen Leben) nicht unmittelbar und stets gleich als Täuschung entlarvt wird. Der Islam – was soll ich weiter dazu sagen?

Also, ich will, daß dieses Land mich umbringt... (und will es) rasch.

Es wird kein eigenes Zutun brauchen (und wird einfach) geschehen. Ganz so, wie es sich gehört.

Ich wundere mich erneut oder noch immer, was es nur ist, (das mich hier) so rapide verfallen läßt.

Seit ich hier bin, haben die Anfallschübe (wieder eingesetzt und) an Zahl und Stärke heftig zugenommen. Nach fast jedem zweiten Satz, den ich gerade an Dich schreibe, muß ich absetzen, den Schub in mir sich auswüten (lassen)… ihn verebben lassen… mit seltsamen Wellen von Leere im Hirn, (die in stets) neuen Ansätzen wie von einem inneren Zentrum aus – einem Zentrum der Leere! – in Peripherien der Hirnmasse vordringen, sich (ähnlich wiederholend) im vegetativen System dann abzuspielen scheinen und schließlich – oder besser: gleichzeitig – in Unkontrolliertheiten der Gliedmaße, der rechten Extremitäten hauptsächlich, (in) Zittern, Verspannung, Muskelkonvulsionen sich äußern. (Und das) brandet an und verebbt wieder… der pulsende Kopf nimmt sich (endlich) als Puls nicht mehr wahr… ich kann den Stift wieder aufnehmen und (in eine völlige) Gedankenleere hinein versuchen, an gerade noch (Da)gewesenes anzuknüpfen… ein Sondieren (wie in ein) lange, lange Vergessenes hinein… oft gelingt es und manchmal nicht. (Wenn es) gelingt, gleitet der Stift wieder über das Papier. Wenn nicht, ist da eine – Verzweiflung?

Nein, darüber bin ich hinaus.

(Eine kleine) Resignation.

Will ich denn nicht das, was geschieht?

(Und so), wie es geschieht?

*

Hat dies Land (wider Erwarten) nicht die Kraft zu einem raschen Tod, so doch die Wirkung – eine Hoffnung nur, was sonst? – der Lebensverhinderung.

Tod oder Lebensverhinderung – (beides geht) auf das Gleiche hinaus: keine Überlassung, (kein Verlangen, keinerlei Begehren), kein Unwertes und folglich keine Schuld.

(Und für eine so) einfache Wahrheit ein so langes Irren und Suchen.

(Wirklich) Suchen?

Nicht immer nur Im-Kreis-herum?

*

Zweiter Bali-Brief (Entwurf)

Sibel, Liebste,

(ich schreibe) kein(en) Absender (auf den Brief), (ich) weiß nicht, wo er am Ende landen wird, wenn er Dich nicht erreicht. Und Du (sollst) auch nicht wissen, wo (genau) ich bin, falls Du versuchen solltest, mich zu „retten" – wenn Du es überhaupt willst. (Ich bin mir da) nicht sicher. Vielleicht haßt Du mich inzwischen sogar, weil ich Deinen Kindern den Vater genommen habe.

(Ich habe das) Auto (Deines Mannes) einfach in der Garage stehen lassen und nicht im See versenkt. Wozu auch?

Das sind Dinge, (die mich noch am) wenigsten interessieren, selbst wenn ich quasi posthum als Mörder entlarvt würde. Was ich getan habe, habe ich getan, (und ich) stehe dazu. Nach wie vor.

Oder?

(Das) Auto (wurde) sogar von Nachbarn u. Bekannten gesehen, (und ich bin) darauf angesprochen worden. (Ich) hatte natürlich die Kennzeichenschilder abmontiert und gesagt: ein Winterauto, für den nächsten Winter, bin günstig drangekommen, habe zugegriffen. (Es) verwunderte also niemanden, (daß es plötzlich) in der Garage stand, (die im übrigen) seit meiner Abreise zugeschlossen ist – ach, und wie es auch kommt, es ist mir egal.

*

(Fortsetzung Brief-Entwurf)
(Ich) sagte, glaube ich, bereits, (ich) will nicht Nutznießer meiner Tat sein. (Ich) habe es nur für Dich getan. (Die selbstlos) Und um keine Mißverständnisse daran aufkommen zu lassen, war mir im Entschluß zur

Tat bereits klar, (daß dies der) Verzicht auf Dich ist, fortan und für immer. Die selbstlose Tat dokumentiert (gibt Zeugnis von der) die selbstlose(n) Liebe.

Kein Schatten eines Zweifels soll je auf die Lauterkeit meiner Beweggründe fallen. Ja, *mein* Liebesbeweis, mein ganz besonderer. Frei von aller Inanspruchnahme meinerseits, fern jeder Art von Verpflichtung mir gegenüber deinerseits.

*

Dritter Bali-Brief (Entwurf)

Sibel, Liebste,

Ich kann ohne Dich nicht leben.

Und *muß* ohne Dich leben, um (die Verbrechen) zu büßen, die ich begangen habe: das eine läßliche (die Tötung Deines Mannes), das andere schwere, schwerste (die Ungeheuerlichkeiten gegen Dich).

Ach, Dein Mann…

Er interessiert mich nicht, er hat Dich geschlagen, er muß ein schlechter Mensch (gewesen sein.)

(Nein), sein Schicksal interessiert mich nicht.

Er ist mein Feind.

Du wolltest mich mit ihm besuchen kommen. (Ich hätte ihm) nicht die Hand geben können oder mit ihm sprechen, als wenn nichts wäre. Ich wußte, er hat Dich (bereits früher) geschlagen.

(Wie soll ich die) Hand fassen, die Dich geschlagen hat? (Ohne ihm nicht) mit der freien Hand ins Gesicht schlagen zu müssen? Zu *müssen*! Hörst Du? Ich kenne mich… zu *müssen*!

(So ein) feiges Gesicht mit hochmütig feigen Augen. Oder von mir aus auch verschlossen (feigen Augen), auf jeden Fall unempfindsamen Augen, die nicht darüber erblinden, wenn sie ansehen, (wie seine feige Hand) auf Deine Wehrlosigkeit und Schwäche einschlägt.

Nein, er interessiert mich nicht. Eine solche Kreatur nicht.

Dagegen – was *ich* Dir angetan habe…

(Wie ich Dich) mißbraucht habe…

Was für eine Kreatur bin ich erst?

Habe ich damit nicht alle Liebe in mir gemordet?

(Und wenn sie in mir) nicht mehr ist, ist sie dann nicht ganz aus der Welt?

Was frage ich so!

Sie *ist* gemordet und *ist* aus der Welt.

Für mich ist es so.

(Kann ich in) einer solchen Welt noch leben, will ich es?

Nein.

Dennoch… (das ist) nicht der Grund, warum ich (sterben will).

Ich bin stark. Statt stark sollte ich besser *böse* sagen. Böse genug, um (in einer bösen Welt) bestehen zu können.

Mit einem Schmerz dabei halt in der Seele, ja. (Gegen den das Böse in mir aber noch) anzugehen wüßte. (Und) wenn ich also jetzt sage, ich will sterben, dann nicht dieses Schmerzes wegen.

Viele haben ihn und leben… auch ich hätte weitergelebt. (Und viele haben) keine Liebe in ihrem Leben und leben dennoch... als die lebendig Toten, von denen ich sprach.

(Ich) will so nicht ‚leben'.

(Ich habe es) ein wenig noch anders geglaubt und weiß es nun endgültig besser: Liebe rettet den einzelnen Menschen nicht… rettet die Welt nicht.

Sie ist nichts als ein Mythos.

Will ich darum sterben?

Ja und nein.

Ja, dann wäre es ein Sterben aus Verzweiflung und nein, dann wäre es ein freudiges Sterben.

Ich werde verzweifelt freudig sterben.

*

(Ich) sagte, (ich kann) nicht ohne Dich leben – ist das (überhaupt) die Wahrheit?

Zumindest eine Teilwahrheit.

Die ganze Wahrheit ist: (auch Du) könntest mir nicht mehr helfen.

Und zu dieser ganzen Wahrheit gefunden zu haben, fing mit der Erfahrung der so über alles schmerzlich(en) Teilwahrheit an: (ich kann) ohne Dich nicht leben... und will es nicht.

*

(Entwurf Bali-Brief)

Sibel, Liebste,

Liebe sollte ihrem Wesen nach vor allem Friede bedeuten, oder? (Du bist die Ruh, der Friede mild... ja, ja)

Ach, Friede.

(Wir finden) keinen Frieden in Liebe. (Sie schafft uns nur9 zusätzlichen Unfrieden.

(Oder wir) begnügen uns mit den Gewohnheiten eines Vertrautseins und nennen es Liebe. Vielleicht (haben wir) sogar Frieden dabei. (Den einer) Friedhofsruhe aber höchstens... in einer tatsächlichen Abgestorbenheit (aller starken Gefühle) als Grundbedingung für diese Art ‚Frieden'.

(Ich bin) nicht zynisch, wenn ich das sage.

Es ist nicht einmal Bitterkeit darin. (Nur ein) Sich-Dreinschicken in die Vergeblichkeit alles Menschlichen... selbst des Besten in ihm.

(Und wo ich) solche Dinge schreibe, will ich fast wünschen, (daß Du) den Brief nicht erhältst.

Die kleine Welt Frieden, (die Du jetzt vielleicht) mit Deinen Kindern hast und lebst, will ich Dir nicht zerstören.

Denk nicht weiter darüber nach, (was ich) sage.

Wohin das führt, siehst Du an mir.

Lebe einfach in Deinem guten Herzen.

(Etwas anderes) können wir nicht tun. Und hoffen, daß (möglichst viele) andere es ebenfalls tun... eine kleine Hoffnung.

*

Die *letzte* Hoffnung: im Tod ist Frieden.

Keine Erlösung, nein, nur Frieden... der armen Seele Frieden.

Und Glück –?

An Glück (darf man) nicht denken, nicht einmal in solcher Begrifflichkeit (darf man denken).

Man *ist*, sonst nichts, und *ist* glücklich.

Ohne daß man es weiß... vor allem ohne zu wissen, daß man ist.

Allein (das ist) Glück.

(Und ist vielleicht) noch glücklicher, wenn man nicht mehr ist.

Aber ich habe Dich so geliebt – und es war ein so großes Glück.

Doch Friedrich H. ist jetzt tot.

Don Juan ist ebenfalls tot.

(Ich mußte) sie beide nicht einmal umbringen, nur zu Grabe tragen.

(Seitdem bin ich im) Zustand der Bedürfnis- und Schmerzlosigkeit.

Wenn das Glück ist, (habe ich es) gefunden.

Ja, der Mensch ohne seine Mythen – *das* ist Glück, nicht wahr?

Die Einheit, (von der die) Alten erzählen, läßt sich nicht wiederherstellen. Ich bezweifle, ob es sie je gab. Liebe jedenfalls, (wie man zeitweise im Leben) hoffen könnte, ist das untaugliche Mittel dazu.

Eine Sehnsucht (nach Einheit) dürfen wir haben und die Hoffnung, daß sie sich im Tod (möglicherweise) einstellt.

(*Ich*) setze keine Hoffnung darein.

(Insofern ist das auch) nicht der Grund, warum ich sterben will.

(Der liegt einfach in der) Einsicht in das, was ist.

Hoffnungen kommen nicht vor.

Wir sind geteilt.

Und wir sind allein.

(Jeder ist) mit sich und seinem Geteiltsein allein.

Im Leben und im Sterben.

Über das Alleinsein im Sterben macht sich niemand Illusionen. (Und um es) im Leben nicht wahrnehmen zu müssen, gibt es die Mythen.

Das Leben insgesamt ist ein Mythos.

Ich glaube an keinen mehr.

Und ich brauche keinen mehr.

Ich bin… ich weiß nicht, was ich bin.

Nicht freudig.

Ich bin – bereit.

Jetzt allerdings muß ich aufhören. Draußen und mehr noch hier drin wird es zunehmend dunkel.

Es ist auch gleich 17.30 – Zeit, etwas zu Abend zu essen.